PAIDEIA

NOS 12 TRABALHOS DE HÉRCULES:

CAMINHOS PARA FORMAR
UM JOVEM ÉTICO E CRIADOR

SATTVA EDITORA

contato@sattvaeditora.com.br
www.sattvaeditora.com.br

Editora: **Vivian Lerner**

Revisão: **Olenka Franco**

Projeto gráfico, diagramação
e capa: **Luiz Zonzini**

Paideia nos 12 Trabalhos de Hércules:
Caminhos Para Formar um Jovem Ético e Criador

Tradução diretamente do grego moderno e antigo
pelo autor

Salis, Viktor David
Paideia nos 12 trabalhos de Hércules: caminhos para
Formar um jovem ético e criador / Viktor David
Salis. - - São Paulo : Sattva Editora, 2017.

ISBN 978-85-67977-14-0

1. Mitologia 2. Psicologia Analítica 3. Paideia I. Título

CDD – 150.195 4

VIKTOR D. SALIS

PAIDEIA

NOS 12 TRABALHOS DE HÉRCULES:

CAMINHOS PARA FORMAR
UM JOVEM ÉTICO E CRIADOR

SATTVA
EDITORA

2017

4ª edição

Hino de consagração a Eros*

(Amor, para o pensamento arcaico)

A inteligência sem Eros te faz perverso.

A justiça sem Eros te faz implacável.

A diplomacia sem Eros te faz hipócrita.

O êxito sem Eros te faz arrogante.

A riqueza sem Eros te faz avaro.

A docilidade sem Eros te faz servil.

A pobreza sem Eros te faz orgulhoso.

A beleza sem Eros te faz ridículo.

A autoridade sem Eros te faz tirano.

O trabalho sem Eros te faz escravo.

A simplicidade sem Eros te deprecia.

A oração sem Eros te faz introvertido.

A lei sem Eros te escraviza.

A política sem Eros te deixa egoísta.

A fé sem Eros te deixa fanático.

A religião sem Eros se converte em tortura.

(Hesíodo, séc. VIII a.C.)

**Eros é o "Princípio Motor Cósmico".*

DEDICATÓRIA

Consagro esta obra:

À memória e glória dos deuses do Olimpo.

À busca da Paideia no seu eterno ideal
de formar "homens obras de arte"

Aos meus alunos, que tanto me ensinam.

À minha mãe, pela sua paciência
e infinita compreensão.

À memória de meu pai e de meu irmão.

A Maria Fernanda Farinha Beirão,
mestra imortal.

Viktor D. Salis

ÍNDICE

PRÓLOGO

A intenção desta obra é transportar para o século XXI a arte de formar "homens obras de arte, éticos e criadores", repensando a chamada Paideia, que era a base da educação das crianças e jovens na antiguidade, até o século V a.C. Trata-se aqui de reconquistar para a modernidade, ou pós-modernidade, uma das grandes lições de educação ética e criadora que o mundo antigo e, de forma mais acabada, o mundo helênico nos legou. Na verdade, essas lições não conhecem diferença alguma entre o antigo e o moderno, uma vez que a dignidade e o respeito ao direito de nascer, viver e morrer não conhecem – nem podem conhecer – variações e muito menos "modismos"; portanto, não se trata de nenhum saudosismo. Estas questões são e sempre serão atuais e imutáveis e só podemos lamentar que a modernidade tanto as tivesse relevado ao esquecimento, para a educação e formação do homem de hoje, privilegiando a aquisição de um conhecimento desvinculado de toda e qualquer ética, honra e dignidade para se viver neste planeta.

Utilizaremos aqui o paradigma do herói arcaico, através da compreensão do significado e função dos doze trabalhos de Hércules, ou seja, dos doze caminhos propostos ao homem para que ele possa se elevar à categoria de herói, o semelhante aos deuses, e assim percorrer o caminho da transcendência (que é o retorno do homem ao lado de Deus através da ética, honra e dignidade).

Os doze trabalhos de Hércules eram considerados a base da Paideia (a formação do homem para a excelência). A criança e o jovem aprendiam a conhecê-los e praticá-los em cada uma de suas etapas; era uma proposta de luta, e não de perfeição. Mas de que luta se tratava? Muito antes do advento da psicanálise, a sociedade helênica arcaica, herdeira das tradições mítico-religiosas do Egito antigo, já concebia o homem como alguém portador de vícios e virtudes, mas não como alguém culpado, pecador e condenado a sofrer aqui na Terra (ao contrário do que fará mais tarde a tradição judaico-cristã-islâmica). As virtudes tinham como função principal governar os vícios e, portanto, a cada nova geração se colocava um imenso esforço educacional: nascer, viver e morrer com dignidade e formar o homem criador.

A presente obra é uma tentativa de resgatar, para a educação moderna, este imenso débito de nosso século.

PREFÁCIO

O CAMINHO DO HERÓI EM BUSCA DA ETERNIDADE

Viktor D. Salis, estudioso e profundo conhecedor da mitologia grega, brinda o público brasileiro com a oportunidade de acesso a verdades que estão ocultas no dizer religioso e mítico dos povos mais antigos, herança de um ensinamento ancestral do qual os sábios falam. O mito do herói privilegia esta "abertura secreta", esta possibilidade de abrir o entendimento para o que mais profundamente se esconde dentro de cada um de nós. E, neste livro, o autor traça um caminho onde o conhecimento, aliado ao sentido oculto, propicia esta descoberta.

A eternidade são os outros, a humanidade que carregamos conosco, como um apelo ao "verdadeiro ser", e este sentido pleno e oculto do humano está no mito. Ele é a origem, a inspiração presente em todas as atividades humanas. "...os símbolos da mitologia não são fabricados, não podem ser ordenados, inventados ou permanentemente suprimidos. Estes símbolos são produções espontâneas da psique e cada um deles traz em si, intacto, o poder criador de sua fonte cósmica." (Campbell, J. em O Herói de Mil Faces)

O mito tem como função tirar o ser humano da ignorância de si mesmo, da natureza e do cosmos e levá-lo a manter o vínculo entre a realidade circundante, temporal e passageira e a renovação constante da vida presente em todas as coisas; é o poder criador de um tempo imperecível.

O herói é aquele que se confronta com a morte, com perigos que parecem humanamente impossíveis de enfrentar; ele vai ao mundo das trevas (do inconsciente arcaico). Transita entre o humano e o divino, transcende os limites de uma individualidade onde cada um de nós está aprisionado. A passagem do mundo das trevas para o mundo comum, do mundo dos deuses para o mundo dos homens, da eternidade para a finitude está presente no mito, e a tarefa do herói é, precisamente, a de ensinar ao homem comum, limitado pela ignorância do imediato, a ascender à experiência transcendental. Ou seja, ensinar a reconhecer a dimensão esquecida, no mundo em que vivemos, da alteridade, possibilitar-lhe conviver com o temor da perda da individualidade até ousar ir ao encontro da "vontade universal".

Há, então, que se libertar dos vínculos que o apegam às recompensas, há que "fazer sem apegos..." Só assim é possível a volta desse mundo profundo, mágico, ressurgindo liberto das amarras do mar da morte; só assim se dá a volta do além para a individualidade. A virtude mágica desse mundo eterno, que transcende a realidade do cotidiano, é como um tabu com uma força própria, e a passagem para o mundo circundante provoca um impacto que pode ser decisivo, mortal. O herói é aquele que deve sobreviver ao impacto e voltar à luz do dia, íntegro perante todas as contrariedades e desilusões.

O poder do herói está neste livre trânsito entre a realidade e o mistério, na imunidade que o faz sobreviver às derrotas do mundo diário dos mortais. E seu caminho é essa constante busca da imortalidade ou do sentido original e genuíno do humano que está em nós.

Neste livro, Viktor D. Salis desvenda o sentido do mito, presente no anseio que move o ser humano a acordar dentro de si o que está adormecido: "É preciso despertar o Daimon, despertar dentro de si essa energia com pathos", ou seja, aquilo que se faz com toda a paixão..." É o despertar dos talentos, que deverá ser elaborado até atingir o nível da aristéia (semelhança aos deuses). Mas esta ascese do homem, como mortal em direção à imortalidade, supõe a descoberta do herói e a tarefa que lhe cabe.

Deparamo-nos assim com o nascimento do herói e sua função messiânica: ele representa a quinta raça, a raça que supera a degenerescência e que terá que sofrer provas para merecer a justiça e a virtude. A transcendência do humano supõe vários passos até que ele se livre do tempo das gerações e da roda da vida para atingir a imortalidade. E é esse o objetivo do herói: busca a morte que o imortaliza, que atinge o fim que ele almeja, a morte de si próprio para conquistar seu destino (a imortalidade).

O autor inicia seu trabalho com a "saga do nascimento do herói" – Héracles, filho de Zeus e de uma mortal. Seu nome indica "aquele que está consagrado e/ou dedicado e/ou destinado ao sagrado e a cumpri-lo. Revela o caminho da iniciação, que é o caminho do herói em direção à imortalidade".

Héracles terá que realizar doze trabalhos, e estes têm como objetivo levar o herói a superar o ciclo da vida para se tornar imortal; são as doze etapas do Zodíaco que deverão ser vencidas. Em cada um destes trabalhos era necessário servir cada deus doze vezes. E assim o homem estava condenado a ir e a vir nesta terra até alcançar a sabedoria, sendo que cada trabalho representava uma ida e vinda a esta Terra; será somente ao final destes trabalhos que Héracles conquistará a imortalidade: "...daí ter sido ele recolhido ao Olimpo e transformado em deus: porque cumpriu sua missão (destino) e saiu do ciclo das gerações e regenerações" (metempsicoses – reencarnações, como se fala hoje) e atingiu o" "Telos", o final sagrado, que era a conquista da imortalidade.

Maria Fernanda Farinha Beirão

INTRODUÇÃO

1 • AS ETAPAS E OS TALENTOS NOS DOZE TRABALHOS DE HÉRCULES

Os trabalhos de Hércules foram objeto de inúmeros mal entendidos, sendo o principal a fama de que se tratava de alguém com uma força descomunal, o que teria permitido a realização das doze etapas. Isto é totalmente falso, uma vez que a educação arcaica procurava mostrar que ele teve sucesso não por causa de sua extraordinária força física, mas em detrimento dela. A construção do homem não se dava pela sua força muscular, mas pela evolução da sabedoria; este era o grande desafio nos doze trabalhos de Hércules.

Um segundo aspecto tratava da própria educação – a Paideia – que para o pensamento antigo significava, antes de tudo, formar um homem "obra de arte, ético e criador". Mas o que significava isto? Qual é o conceito na modernidade de educação e formação, para que possamos fazer uma comparação?

Há muitas falácias e a primeira delas é a ilusão de que o conhecimento forma o homem e lhe confere dignidade. Esta ideia ganhou especial ímpeto desde o iluminismo até nossos dias: quanto mais conhecimento o homem obtivesse, mais bem-formado estaria e pronto para enfrentar a vida. Mas, para o pensamento arcaico, formar um homem não era uma questão de conhecimento; este ocupava um honroso segundo lugar. E desde já devemos deixar claro que a "obra de arte viva" – ética e criadora – nada tinha a ver com a ideia moderna de obra de arte. No séc. XXI obra de arte seria algo muito bem acabado, algo caro e perfeito, espécie de "Rolls Royce humano". Considerar-se-ia obra de arte por ser caro e luxuoso, enquanto que um homem mal formado seria algo como um carro velho, barulhento e superado. Esta é a nossa concepção materialista e consumista de obra de arte, a qual projetamos em nosso modelo de educação.

Isto não coincide absolutamente com a idéia arcaica de obra de arte, que significava aquele homem capaz de imitar os deuses no plano ético e criador. Claro que isto nada tem a ver com roupas ou materiais caros que se utilizem para valorizarse. Tratava-se de um acabamento espiritual e criador, de um aperfeiçoamento interior para que se pudesse imitar e assemelhar-se aos deuses na imensa obra da Criação. Diziam os antigos que não era atributo nem função do homem a morte e a destruição, mas o cultivo da vida e da criação. Assim, na concepção arcaica, a obra de arte atingia o plano divino no homem, enquanto que no pensamento moderno reflete-se na aquisição de conhecimento, na criação sem ética e na conquista dos bens materiais, como objetivo principal da educação e da vida, não importando frequentemente quantas injustiças e massacres possam custar.

Vejamos agora o que seria formar um jovem, de acordo com essa arcaica concepção nos doze trabalhos de Hércules. Os trabalhos eram as etapas da transcendência, ou seja, eram degraus consagrados a cada um dos doze deuses. Eram também chamadas de "as doze evoluções do Zodíaco", que em grego arcaico significava "a roda da evolução da vida"; daí originou-se a astrologia dos antigos egípcios. Nem mesmo o mais forte dos homens poderia cumpri-las apenas com sua força física, sendo esta a grande ironia. A imensa força de Hércules mostrava-se inútil no cumprimento dessas tarefas, portanto ele teria de usar outros recursos. Vemos em cada trabalho que todos os elementos primitivos, materiais e hedonistas (a busca do prazer como um fim em si mesmo) do ser humano eram inúteis para a execução dessas tarefas. Cada vez que Hércules tentava utilizá-los, fracassava, e somente quando compreendia que deveria buscar os recursos da sabedoria é que conseguia ter sucesso.

A lição era bastante clara para o jovem, que tanto admirava este herói na antiguidade: de nada adiantava a força dos braços e das pernas, isto não faria dele um homem ético e criador (um dos significados de "anthropos", em grego). Ao contrário, permaneceria um simples selvagem, como nascera. Isto retratava a visão que estes povos tinham da criança: encaravam-na como um bárbaro selvagem antes de submeter-se à Paideia, e somente esta poderia arrancá-la desse estado e convertê-la em humano (anthropos). Consideravam-na ainda potencialmente perigosa devido à sua ignorância e inconsequência e, se pensarmos bem, tinham razão. Um exemplo haverá de ilustrar esse ponto de vista.

Se deixássemos uma criança sozinha ou, por outro lado, algum paranóico que sonhasse em dominar o mundo (no estilo do "Satânico Dr. No") na sala do Pentágono, onde se encontram os malditos botões que podem explodir o planeta, quem seria o mais perigoso dos dois? É claro que seria a criança, uma vez que com o paranóico seria possível negociar – mesmo à custa de quantias astronômicas de dinheiro – mas a criança poderia apertá-los por puro divertimento, uma vez que não tem noção do que está fazendo, não sabe distinguir entre o bem e o mal, como tantos adolescentes de hoje e tantos adultos sem ética alguma (alguém se lembra ainda daquele índio queimado vivo por adolescentes da classe média alta, em Brasília? Eram bem "educados" e frequentavam as melhores escolas... para não citar inúmeros outros exemplos de barbárie e mortes nas escolas do mundo moderno).

Este é o desastre gerado por uma civilização cuja educação está pautada somente no conhecimento como instrumento das conquistas pessoais (o sucesso na vida...), que não cultiva o aprendizado do que é a vida e a morte, a destruição e o sofrimento. Ninguém parece preocupar-se com estas "questões menores". Para os pais e para a escola, o que interessa mesmo é que o jovem esteja preparado para passar no vestibular e ter sucesso na vida, não importando seus valores e dignidade, se é que os terá. Vemos que, com razão e sabedoria, os antigos consideravam o jovem como alguém potencialmente perigoso se não passasse por uma formação ética, a qual não se ensinava em quadros-negros e menos ainda pela internet.

Durante séculos, vários educadores – entre eles, J.J.Rousseau – defenderam a idéia de que o homem, e por extensão a criança, eram naturalmente bons... Que doce ilusão! Podem tornar-se bons somente se houver um imenso esforço para a formação ética. Para agravar as coisas, grassa entre nós o pseudoconceito cristão de que a criança é um anjinho. No entanto, com a mesma doçura que ela acaricia um gatinho, atira-o do oitavo andar, para citar apenas mais um exemplo de sua candura...

A concepção arcaica da criança pode parecer-nos implacável, porém é muito verdadeira. Ela é potencialmente perigosa porque não tem nenhuma formação ética ainda e, se assim a deixarmos, será o adulto violento de amanhã, que hoje tanto presenciamos em nosso cotidiano. Assim, abrimos a porta para o que é fundamental na formação de um homem: dar-lhe a capacidade de ter limites, conhecer seus vícios e como governá-los, para que não seja por eles governado. É também o conhecimento de seu potencial para praticar a violência, que não se expressa apenas por murros e pancadas, mas também na mentira, na falsidade e hipocrisia e ainda na "arte" de se aproveitar do outro para seu próprio benefício.

A Paideia buscava essa formação ética que se fundava na construção da consciência – não intelectual, mas ética – buscando o direito natural cósmico de nascer, viver e morrer com dignidade e honra. Nossa educação é inconsequente como a criança, além de cega para essas questões, enquanto na Paideia era a primeira coisa que se perseguia, relegando a alfabetização e o conhecimento para um segundo plano. Era o que Sócrates chamava de educação da virtude, ou seja, o reconhecimento do valor supremo da vida e sua preservação com dignidade. Só muito mais tarde (após os 14 – 15 anos), é que tinha início o aprendizado da escrita. Sabiam muito bem que o conhecimento, por si só, jamais preservaria e cultivaria este bem precioso chamado vida; ele de nada valeria sem ética. Já no séc. VI a.C., Píndaro alertava os mestres: "A sabedoria é o conhecimento temperado pela ética". E devemos ainda acrescentar que ética não deve ser confundida com moral; esta se refere aos costumes, que variam em cada época e cultura. Trata-se aqui do aprendizado do valor supremo que é o direito ao nascimento, vida e morte dignas, como já enfatizamos. Sócrates também alertava os mestres: "Temos pouco tempo para a virtude e toda a vida para o conhecimento, pois o vício e a mentira logo se instalam no caráter do jovem, sendo tarefa quase sempre fadada ao fracasso tentar extirpá-los mais tarde".

Vemos assim porque a ética deve anteceder o conhecimento, se quisermos formar o jovem para a dignidade e superação da violência, enfim, torná-lo capaz de ser verdadeiro e respeitar a si mesmo e ao outro. Não é demais insistir que, num ambiente de violência, falsidade, medo e falta do direito de ser, nunca será possível a construção do homem criador – à imagem e semelhança de Deus – mas somente a disseminação da destruição e da competição desleal e selvagem – exatamente o que temos hoje. Soa irônico que, com tanta tecnologia e tantos avanços da medicina, nunca o direito de viver esteve tão ameaçado. Basta sair na rua para conferir.

Os três pilares para a construção do *homem civilizado* (mais um dos significados arcaicos da palavra "anthropos") e da civilização naturalmente resumiam-se com muita clareza num único mandamento: o direito de nascer, viver e morrer com dignidade e honra. Este era o objetivo primordial da Paideia e é por onde toda a educação do jovem deveria iniciar, em qualquer época, em qualquer cultura. Mas o que seria a dignidade e a honra? Não estamos falando de conceitos variáveis, mas daqueles que qualquer um reconhece de imediato: ser ameaçado, temer pela própria vida, ser agredido, ser rejeitado, passar fome e sofrer doenças por falta de recursos. Enfim, são aspectos universais e eternos. A dignidade e a honra existem quando tudo isso é vencido, e podemos viver sendo amados e aceitos em nossa diversidade. Será que em nosso século, com toda a sua ciência e tecnologia, não podem as crianças ser educadas para isso? Se não, para que servem tais avanços então? Para entrematarmo-nos com mais sofisticação e eficiência?

Vemos assim que a dignidade é essencial ao homem. O que pode e deve ser ensinado é o respeito e o direito intocável em exercê-la e os meios para que não seja destruída. Não é possível falar em educação e menos ainda em formação de um homem sem este ponto de partida. Somente assim poderemos lançar os fundamentos para a construção do homem "obra de arte".

Os doze trabalhos de Hércules eram um precioso instrumento do mestre, para a tarefa de transformar este selvagem chamado criança em obra de arte ética e criadora. É a grande lição que nos esquecemos na modernidade: criamos monstros viciados em computadores, videogames violentos e internet, esquecendo-nos que eles não podem e não se tornarão humanos verdadeiros (anthropos) se não aprenderem a respeitar o direito e a dignidade de ser. E colhemos o que plantamos: violência e drogas por toda parte e em todas as classes. E é uma ilusão pensar que a lei e a repressão poderão, por si sós, se impor e coibir. Somente a reconquista da Paideia para a modernidade poderá lançar uma luz no quadro sombrio deste século, que mal se inicia.

Outra questão fundamental para a Paideia na formação do jovem residia nos talentos, tema pleno de falácias na modernidade. Pensa-se hoje que os talentos são dons inatos ou adquiridos. Sabe-se lá de onde vieram e, malgrado as especulações sobre sua origem, seja dos geneticistas e evolucionistas, seja dos teóricos da psicologia da aprendizagem, continua sendo impossível rastrear ou explicar a origem dos talentos de Einstein, Mozart, Shakespeare, Sófocles, Michelangelo e tantos e tantos outros. Temos, além disso, uma visão utilitarista, onde os talentos serviriam para se escolher uma profissão.

Não era assim para o pensamento arcaico. Os talentos tinham uma função libertadora e criadora, ajudavam o homem a descobrir quem era e o que viera fazer aqui na Terra, de modo que, assim, permitiam que se aproximasse de seu destino a cumprir e dos deuses. O homem deveria usar seus talentos para servi-los e isto queria dizer que estava a serviço da criação. Devem ser feitas duas ressalvas aqui: a primeira delas concerne à idéia que temos de destino como sendo algo que se confronta com nossos ideais de liberdade e autodeterminação. É preciso que se esclareça que, para o pensamento antigo, cumprir seu destino era exatamente encontrar em si mesmo essa autodeterminação, coisa que tão poucas pessoas conseguem nos dias de hoje. E não devemos confundir esse conceito com a idéia moderna de liberdade, que é totalmente irresponsável, individualista e baseada no poder financeiro para ser obtida. Assim, cumprir seu destino era o máximo de liberdade responsável que alguém poderia almejar, de acordo com o pensamento arcaico. Significava ainda entender o que veio fazer aqui, qual era a sua função e natureza e ajudava a compreender o seu mistério de existir.

Os talentos eram vistos como dádivas, presentes dos deuses, e indicavam, assim, seu destino, que era exatamente cumpri-los. Ao fazê-lo, o homem realizava tal destino, visto então como a consolidação plena e máxima de seus talentos. Portanto, liberdade e destino coincidiam totalmente. Começamos agora a entender o que significava a construção do homem "obra de arte, ético e criador". Tratava-se da construção e formação do homem a partir dele mesmo, a partir do que tinha de mais próprio e essencial, mas a serviço da criação, e não da destruição. Este era o plano ético por excelência: *seja você* do modo mais pleno e belo possível, mas lembre-se de que a vida não é negociável, ela pertence aos deuses, e cabe a você honrá-la e recriála com todos os seus talentos educados e expandidos ao máximo.

Isso nos remete à segunda questão, que era o papel da criação na Paideia. A descoberta dos talentos e a educação através deles eram o ponto de partida, abrindo as portas para todo e qualquer jovem tornar-se criador. Que educação maravilhosa era esta, que formava a partir do que se era e aperfeiçoava até os píncaros da obra de arte, tornando o jovem o máximo de si mesmo, ensinando-o ainda a reverenciar a vida e o direito de nascer, viver e morrer com dignidade e honra! Com toda a nossa tecnologia, como estamos atrasados... Como é burra a educação dita moderna... E ainda achamos que os antigos eram atrasados e nós é que somos os avançados (sic).

Mais uma vez, não se trata de conservadorismo e menos ainda de saudosismo. Trata-se de resgatar para a modernidade uma educação e formação do homem plena, ética e criadora. É tolo pensar que tudo o que é moderno é melhor. É preciso ter a humildade de reconhecer que houve épocas na história da humanidade que nos superaram em vários aspectos. E isto é especialmente verdadeiro para a educação e formação do homem.

Quando Pausânias visitou Atenas no séc. II d.C. escreveu em sua obra "Descrição da Grécia": "Houve uma época nesta cidade em que havia mais estátuas que homens, mais filosofia e sabedoria que homens". Terá sido uma civilização de gênios, por algum milagre genético? Nada disso! O que houve e tornou isto possível foi a Paideia, cujas linhas gerais tentaremos descrever e resgatar aqui. Educar o jovem, a partir de seus talentos e de sua natureza e essência, abre as portas para uma formação que, acima de tudo, o respeita e preserva o seu direito de ser. É prepará-lo não apenas para trabalhar e ganhar dinheiro; é formá-lo para que se orgulhe de si, para que sua existência seja plena de sentido, criação e ética. O grande desafio continua sendo encontrarmos respeito e podermos praticá-lo, é saber que existimos porque temos um direito inalienável de estarmos aqui com dignidade e honra. Não somos a engrenagem de uma máquina qualquer, cujas consequências, com tanta ironia, C. Chaplin mostrou em "Tempos Modernos". Essa nulidade corrói, e querer transpor o anonimato, possuindo uma bela casa, um automóvel caro ou um iate, leva apenas a uma existência truculenta e plena de "pequenos assassinatos", no afã de se conseguir a qualquer custo esses objetos. Sair do anonimato não é obter fama e glória, mas poder ser amado, não por dez mil pessoas – isso é ilusão e delírio narcisista –, mas por duas ou três, e já é muito e basta quando temos uma verdadeira formação ética. Não é assim que a educação prepara o jovem hoje, mas "para enfrentar um mercado cada vez mais competitivo", plantando o vale tudo e a competição desleal, para que vença a qualquer custo e de modo truculento. E, infelizmente, os pais são os primeiros a colaborar nesta educação da violência e do individualismo desvairado. Colhemos o que plantamos: um mundo cada vez mais agressivo, onde vivemos atrás das grades de nossas casas... Tinha razão Nietzsche quando ironizava a educação pelo conhecimento, alertando-nos que o brilho da civilização helênica estava no fato de que educavam primeiro o instinto, para depois se voltarem ao conhecimento. Já entre nós, os instintos mais bárbaros correm soltos, desde a pré-escola até os mais brilhantes doutores e homens do poder. De nada adianta o conhecimento que adquiriram, a não ser para tirarem vantagens e mais vantagens, em detrimento e à custa dos menos favorecidos. Esta é a pior das violências.

Para a educação do instinto e seu progressivo aperfeiçoamento em ética e capacidade criadora, eram utilizados os doze trabalhos de Hércules, divididos em quatro grandes etapas, as quais examinaremos detidamente nesta obra.

O 1º, 2º e 3º trabalhos constituíam a primeira etapa – eram dedicados à educação da violência, dos vícios e virtudes e da aquisição de limites.

O 4º, 5º e 6º trabalho constituíam a segunda etapa – eram dedicados à descoberta dos talentos, aos ritos de higiene física e mental e à transformação do cego instinto em iluminada intuição.

O 7º, 8º e 9º trabalho constituíam a terceira etapa – eram dedicados à educação da sexualidade e da arte de amar.

O 10º, 11º e 12º trabalho constituíam a quarta e última etapa – eram dedicados à arte da criação, do desapego e da conquista da espiritualidade.

Estes eram os quatro degraus da formação do homem grego. Note-se que para eles a sexualidade e o amor eram a base para a conquista da espiritualidade e não podiam ser separados. Por isso eram chamados de povos mítico-eróticos: míticos porque desenvolviam a capacidade criadora a partir do imaginário, eróticos porque a arte de amar era a base para a formação do já referido "anthropos". É preciso que se diga que esta arte não se resumia ao sexual, como muitos autores erroneamente interpretaram, mas tratava-se da capacidade de amar tudo o que a vida representava, sendo este o significado original de "erótico". Nada a ver com o sentido pejorativo que a modernidade lhe conferiu.

Estas quatro grandes etapas, quando confrontadas com a educação moderna, fazem-nos sentir como se estivéssemos no tempo das cavernas, verdadeiros bárbaros. Na primeira etapa, que tratava da violência, vícios, virtudes e limites, salta aos nossos olhos como estes dois últimos estão em falta no jovem de hoje (e nos adultos também!). Deparamo-nos com um sem número de vícios – veja-se, por exemplo, o consumismo doentio e a ganância –, e que diremos então da violência praticada em todas as suas variações. Já é tragicamente corriqueiro matar colegas e professores nas escolas de todas as classes sociais, sem falar do tráfico e uso de drogas.

Na segunda etapa, que tratava do nascimento da intuição, que grande débito temos! Não sabemos mais guiar-nos por ela. Criamos na escola monstros lógicos e competitivos, custe o que custar. Não sabemos mais ouvir nossa voz interior e não permitimos que o jovem aprenda a fazê-lo.

Na terceira etapa, que tratava da educação sexual e da arte de amar, vemos nas escolas de hoje uma abordagem ridícula e moralista. Ensinam a fisiologia dos órgãos genitais e outras tolices, quando o que interessa realmente é explicar o prazer, a atração e porque o coração bate forte quando gostamos de alguém e sentimos raiva muitas vezes por isso quando jovens! Como resultado, não deveria nos espantar porque os jovens – e não só eles – se comportam sexualmente do modo mais precário e instintual: as relações tornaram-se efêmeras e imediatistas. Tinha razão o saudoso Vinícius de Morais, quando escreveu em seu poema intitulado "O Dia da Criação": "Os bares estão cheios de homens vazios..."

Mais importante do que aprender química, geografia, gramática e outras disciplinas tantas vezes inúteis é aprender a arte de amar, com dignidade e não usando o outro como objeto. É discutir as horrorosas novelas e "reality shows" que passam na televisão, assistindo-as com mestres competentes, que lhes apontem, para que entendam, as barbaridades lá praticadas, o desrespeito à privacidade, o falar mal da vida alheia, enfim, o espetáculo de invasão ao direito de ser e da dignidade.

Finalmente, é na quarta etapa, a educação para o desapego e para a espiritualidade, que estamos mais despreparados. Não imaginamos sequer o que possa ser a reflexão sobre o mistério da existência, que dirá trazê-la para o cotidiano. O verdadeiro homem espiritual pode ter qualquer religião – todas são belas e profundas – mas não precisa nem deve ser um recluso ou não sair da igreja. Basta que pratique, para si e para o outro, o direito de nascer, viver e morrer com dignidade e honra. Ou, como explicavam os antigos sacerdotes egípcios aos incautos, sobre o poder mágico da pirâmide: "Seu poder reside em praticar o que ela significa: a Nobreza, a Beleza e a Bondade".

2 • AS IDADES DO OURO, PRATA, BRONZE E FERRO E AS RAÇAS. A FUNÇÃO DO ZODÍACO NO CAMINHO DO HERÓI

O tema do herói e da verdade aparece com toda força nos doze trabalhos, onde o apelo a uma harmonização do homem com o cósmico e sua busca pela verdade, que está em seu interior, é central. Vale a pena examinar um pouco esta elevação do homem em direção ao heroico. As raças de ouro, prata, bronze e ferro simbolizavam um processo de degeneração. Era a alquimia sagrada dos metais, onde o ouro representava uma raça imortal e justa; a prata representava uma raça imortal, porém injusta e desvairada; o bronze era a primeira raça mortal, que era guerreira e morria guerreando; o ferro era a raça dos homens que nasciam, cresciam, envelheciam e morriam, sendo nossa condição. A raça dos heróis seria aquela que, partindo do ferro, tentaria retornar ao ouro primordial.

Sair do ferro (ou do chumbo alquímico) para reconquistar o ouro primordial, que representava o divino, a verdade e o incorruptível, era o caminho do mortal ao herói, do herói ao Daimon, do Daimon aos deuses (Daimon era um gênio intermediário entre o mortal e o imortal, que nos habitava e nos impulsionava em direção à imortalidade, nada tendo a ver com o conceito de demônio da cristandade). Vale notar que o conceito "Daimon" ironicamente passou a designar demônio na tradição cristã, enquanto na tradição arcaica revelava a arte de reconquistar seu caminho imortal. Este era o caminho da transcendência, do culto do sagrado, que deveria ser encontrado no interior do ser e não no rebanho proposto pelas igrejas modernas.

A palavra "mistério" na tradição arcaica não tinha o mesmo significado que hoje tem para nós. Mistério, que vinha da raiz "mous"; era a arte de revelar verdades encobertas e por isso tornou-se algo "incompreensível" na linguagem comum. Estava ligada à palavra mito. Mito e miste vêm da mesma raiz. As escolas dos mistérios se dedicavam a essa busca, e podemos dizer que havia pelo menos três grandes escolas na antiguidade. Não eram restritas nem fechadas, sendo parte integrante da Paideia, e contavam com uma frequência muito grande.

No final do período arcaico, por volta do séc. VI a.C. (o auge desse período está entre os séculos XII e VII a.C.), temos como marco maior a morte de Pitágoras, um dos grandes iniciados das escolas de mistérios. Embora Sófocles e Ésquilo fossem iniciados nas escolas dos mistérios de Elêusis, e tendo chegado a nós como grandes representantes das tragédias, eles não tinham para o período arcaico a importância de Pitágoras, que era visto como um Messias, e reunia em sua escola, em Siracusa, entre 45 e 60 mil alunos. Pitágoras era um nome iniciático e queria dizer "o filho da Pítia", "o iluminado", "o enviado de Apolo" (Pítia ou Pitonisa era o nome da grande sacerdotisa do Oráculo de Delfos, consagrado a Apolo, deus das profecias). Este nome só era conferido a quem tivesse um caráter messiânico, e não é exagero dizer que foi adorado e glorificado como Cristo, Moisés, Buda ou Maomé. Não era visto apenas como grande matemático, mas também foi quem inaugurou a escola órfico-pitagórica. Na verdade, não era o portador de uma nova tradição, mas antes o continuador do orfismo. Esta religião foi difundida na antiga Grécia por Orfeu e Eurídice, sendo ambos considerados seus Messias; é a mais antiga religião consagrada ao culto do amor ao próximo. Já era uma tradição arcaíssima no séc. VII a.C., e podemos dizer que muito da beleza do cristianismo, em sua mensagem de amor universal, foi clara herança do orfismo.

Nenhuma religião nasce do nada. Todas as tradições seguem leis anteriores que se perdem na noite dos tempos. O cristianismo sofreu profunda influência da tradição órfica e se propôs a continuá-la. O nome Orfeu originou-se do sânscrito "Aour-rophae", que significava "aquele que cura pela luz". Iniciou sua tradição na Trácia, nome de origem sânscrita (Rachiwa), que queria dizer "terra onde se encontra a luz do firmamento", ou ainda "a terra onde se encontra o céu", ou seja, a terra santa. A famosíssima Vitória da Samotrácia simbolizava a vitória consagrada à luz, ao firmamento. Este local representava o ponto onde o firmamento se unia à terra. O nascimento de Cristo representou exatamente isso, milhares de anos mais tarde. As três estrelas, ou seja, os três reis magos que iluminaram seu nascimento simbolizavam o firmamento que iluminou a Terra, os pontos de encontro entre o céu e a Terra, locais sacros que vibram e trazem a energia cósmica.

Estas escolas, embora diversas em seus conceitos, não competiam entre si, mas se complementavam. Como os doze deuses não eram contrários entre si, da mesma maneira elas se inter-relacionavam. Havia a tradição órfico-pitagórica, que se estendia de Siracusa (Itália, Magna Grécia) até a Samotrácia (norte da Grécia). Havia a tradição dos mistérios dos Cabiros, consagrados a Héfestos (deus dos instrumentos e das ferramentas) e a Atená (deusa da sabedoria) – era uma escola consagrada à arte e aos trabalhos manuais por excelência. Já os mistérios de Eleusias, dedicavam-se aos mistérios da libertação para além da morte e eram consagrados especialmente a Deméter (deusa da fertilidade e da terra cultivada) e Dioniso (deus do vinho, do êxtase, da alegria e do encontro com o outro).

Todas essas escolas estavam voltadas para a formação do herói, à reconquista do sagrado ("ieró", em grego, daí veio "íroas", herói - aquele que buscava o sagrado). Significava reconquistar a imortalidade perdida através das doze etapas da transcendência. Vejamos algumas coincidências do número doze:

Doze são os meses do ano.

Doze são as horas do relógio.

Doze são as tribos de Israel.

Doze são os signos do Zodíaco.

Doze são os deuses da tradição helênica.

Doze são os apóstolos de Cristo.

Será tudo isso casual? Mais ainda, a base da pirâmide têm quatro lados e o triângulo que forma um dos seus lados, três. Se multiplicarmos a base pelo lado, teremos novamente o número doze.

O caminho proposto ao herói era o da regeneração e queria dizer retornar ao lado dos deuses. Os homens vieram da raça de ouro (símbolo da eternidade e da justiça) e decaíram para a raça de prata (símbolo da essência versus a aparência). Foi quando aprenderam a mentir e a esconder a verdade. Decaíram mais para a raça de bronze, que era o símbolo de querer ser a verdade e a lei pelas próprias mãos. Decaíram mais ainda para a raça de ferro, símbolo da condição mortal, pois o ferro representava a vida que se corrói e se carcome. Era o nascer, crescer, envelhecer e morrer, enfim, somos nós.

A quinta raça, a raça dos heróis, procurava superar e escapar deste ciclo e tentava vencer uma degeneração ainda pior: a raça de plástico. Seria a raça do descartável, onde tudo só era novo por minutos, ou seja, nada duraria. Ao tentar escapar do ciclo da degeneração, passaria pelas provas do bronze e da prata para reconquistar o ouro alquímico. Ele era o símbolo da eternidade e da verdade incorruptível. Este era o caminho do herói: do mortal ao herói, do herói ao Daimon e do Daimon aos deuses.

Daimon, na tradição arcaica, era a parte imortal que carregamos ao longo de muitas existências, pois os antigos acreditavam que tínhamos muitas vidas e que, ao longo delas, buscávamos aperfeiçoar-nos, transformando em ouro nossa parte mortal. Ele seria nosso guia, espécie de consciência que exige a realização plena de nossos potenciais ao longo das existências até que conseguíssemos aperfeiçoar a alma, metamorfoseando-a em ouro.

Descobrir seu Daimon era para o homem arcaico a tarefa primordial. Encontramos na "Tábua das Esmeraldas", atribuída ao deus Hermes, a seguinte observação: "Descobre o gênio imortal que te habita (Daimon), aquela energia apaixonada que te torna em algo e te impulsiona em direção à tua missão aqui na Terra". Não era outra a função da astrologia arcaica, que buscava também revelar este Daimon. Entendia que os astros transmitiam a energia cósmica dos deuses e depositavam-na em nós na forma de talentos, possibilidades e potências. Estes, através do aperfeiçoamento pelo nosso esforço, levariam à realização do nosso destino. Esta era a busca do herói em direção ao Daimon: era a revelação de sua energia inabalável e incorruptível. "O homem que conhece seu Daimon considera a morte irrelevante" (Tábua das Esmeraldas).

O herói, ao buscar o sagrado, buscava a verdade de si mesmo, e assim poderia servir ao cósmico. É essa energia que guiará Hércules. Sócrates explicitava assim o "Mito da Caverna", mostrando como era o encontro do homem em direção à luz interior, que o faria buscar seu destino. Guiava-o para seu caminho esquecido, ensinando através dos erros e não da perfeição inatingível, dava a chave para evoluir. Com Hércules, seu destino será cumprir doze trabalhos a serviço de Euristeu, e cada um deles será um paradigma, para revelar aos homens sua luz interior e aproximá-los dos deuses.

É uma ironia que quanto mais grandioso é o destino do homem, menos livre ele é, uma vez que nasce com uma certeza inabalável do que deverá ser cumprido. Exemplos não faltam em nossa tradição mais moderna, como Moisés, Buda, Cristo, Maomé etc.

A classificação que temos dos doze trabalhos é de Apolodoro. Trata-se de uma classificação relativamente recente do ponto de vista mitográfico, uma vez que data do séc. IV a.C., quando estes mitos já eram milenares, sendo transmitidos oralmente de geração em geração e sendo ainda um dos sustentáculos fundamentais da Paideia.

Na antiguidade, era tradição nomear o indivíduo segundo sua origem astral. Daí nasceu a Astrologia, o Zodíaco e os doze signos. Cada deus representava um mês do ano e um planeta, e essa divindade irradiava suas energias através dos astros, uma vez que os deuses eram o próprio cosmos. Não é que os astros tivessem um poder mágico de influenciar nossas vidas, como quer o horóscopo que encontramos nos jornais de hoje. Tratava-se da crença de que a criação, sendo cósmica, distribuía sua energia de acordo com as forças e a distribuição divina universal. E hoje sabemos que, por exemplo, as fases da Lua têm influência não só nas marés, mas também nos ciclos da fertilidade. Tudo é um sistema de relações cósmicas e não se trata de encarar a Astrologia como uma espécie de magia, mas de começar a recuperar, como na física quântica e na física relativista, os sistemas de forças que estão interligados entre si de qualquer lado, a qualquer distância e a qualquer tempo. A diferença é que os antigos aplicavam suas influências não somente do ponto de vista gravitacional dos planetas, mas em tudo que estava no cósmico. E isso incluía os seres vivos, que não estão nem podem estar fora disso. A Física moderna afirma que é a força gravitacional a base das leis da relatividade. Os antigos chamavam esta força de "Psiquê Cósmica", ou melhor, ainda, "Eros, princípio motor cósmico". Na verdade, ambas são hipóteses metafísicas e precisamos desesperadamente de suposições para acharmos que o mundo é plausível, que é lógico. Mas não é tão fácil assim. Ambas são formas – a metafísica mítica e a metafísica da física moderna – de abordarmos o mistério da existência. E nenhuma das duas é mais ou menos plausível que a outra.

Retornando à tradição antiga do nomear, isto era feito segundo a posição dos astros, e essa era uma ciência milenar advinda do antigo Egito. O nome era conferido com especial significado e esperava-se que esse indivíduo pudesse cumprir seu destino através dele. Isto significaria conhecer suas possibilidades, seus talentos, e procurar realizá-los da melhor maneira possível. Destino não era, portanto, algo previsível, mas a realização de si próprio a partir da descoberta do que se é e de seu aperfeiçoamento. A premissa socrática "Conhece-te a ti mesmo" não tinha conotação psicológica, mas cósmica. Aquele que não soubesse quem é, que não descobrisse sua magia e mistério interiores seria como alguém sem rumo por toda a vida. E a vida não era encarada como realização profissional, a questão pessoal e o sentido da vida ocupavam um lugar central.

Hércules recebeu o nome de Alcides quando nasceu, como uma proposta de vida (Alcides: do grego "Alk" – aquele que atrai – e "Eidos" – essências, daí veio a palavra "ideia" nas línguas neolatinas). Essas propostas nem sempre eram certeiras, sendo apenas uma sugestão. No caso de Hércules, chega a ser uma ironia este nome, uma vez que ele era totalmente avesso aos estudos. Normalmente o indivíduo, por volta dos quinze aos dezoito anos, costumava dirigir-se aos oráculos e, de acordo com o que sabia e sentia de si, este o convidava para uma reflexão, para que conferisse se realmente esse nome indicava para ele o sentido de sua vida ou se deveria repensá-lo. É daí que nasceu a idéia de maioridade. Era uma tradição muito importante preparar o indivíduo para a vida adulta. Entendia-se que estaria pronto quando soubesse o que estava fazendo aqui.

Além disso, a arte de trocar os papéis com o outro e de cultivar cognomes heróicos era uma prática pedagógica da maior importância. Era costume soltar os jovens para brincarem no bosque e gastarem suas energias e, quando estivessem cansados, eram reunidos sentados à vontade no chão para ouvirem as histórias (mitos) que o mestre contaria. Mestre e discípulos sentavam-se embaixo de um plátano (árvore semelhante ao chapéu de sol), sendo um local pleno de sombra onde a vegetação pouco crescia, e que era chamado "platiá", originando-se daí a palavra "platéia" em nossa língua. Lá nasceu o teatro, porque os mestres entendiam que a arte de aprender deveria começar pelo corpo. A pedagogia de colocar-se na pele do outro originou a fantasia como arte e técnica de transformação e de conhecimento. Originou também a máscara e a arte da representação.

Nunca é demais recordar que, milhares de anos depois, Jean Piaget afirmará que a criança pensa com as mãos e não com a cabeça. Plágio milenar? Certamente! É talvez a mais importante questão educacional. A mão da criança de hoje serve tão somente para apertar botões, não sendo mais símbolo de desenvolvimento do corpo, que permanece sentado à frente de uma tela, seja ela qual for.

O exercício de troca de papéis, de pôr-se no lugar do outro era uma prática diária para o conhecimento de si e do outro. O desconhecido, fonte de ameaça da qual nos defendemos, denegrindo-o, era assim reconhecido e enfrentado. Nascia assim o respeito e tolerância à adversidade, ao direito de ser. Estas conquistas não são obtidas nem pelo conhecimento intelectual e muito menos pelas redes de internet. São aquisições que só podem ser obtidas pelo contato pessoal, orientadas pelas mãos de um verdadeiro mestre. E nunca é demais repetir: a violência, que tantas civilizações já destruiu, germinou, entre outras coisas, na educação desastrada do jovem, a qual privilegiou o conhecimento racional e a conquista pessoal e sobre o outro a qualquer custo.

Da mesma maneira, o cultivo de cognomes heróicos fazia parte do conhecimento de si e do outro. Toda criança, por ocasião de seu nascimento ou logo depois recebia um apelido (mais exatamente um cognome) de um oráculo consagrado que seus pais consultavam. Tratava-se de uma sugestão de destino a cumprir e era sempre o nome de algum herói consagrado. Alguns exemplos nos ajudarão a compreender melhor seu papel e função (os nomes estão intencionalmente modernizados para uma melhor compreensão; já o cognome, apelido, é próprio da antiguidade): "António, o Hipólito" indicava a trajetória do herói que se libertou do instinto sexual e desgovernado. "Maria, a Eurídice" indicava a trajetória da heroína que dedicou sua vida a buscar e a encontrar o justo e o ético dos deuses.

Cabia ao mestre contar e recontar a história, o mito de cada apelido para todos os jovens reunidos na clareira, tornando-os orgulhosos de seus cognomes míticos, agraciados a essas crianças pelo oráculo e obtidos pela sua carta astral, sendo uma sugestão de destino a cumprir, sempre grandiosa, bela e promissora do ponto de vista ético e criador. Assim, todo jovem tinha um nome do qual se orgulhar e todos sabiam disso, não havendo espaço para apelidos pejorativos, hábito tão difundido nas escolas da modernidade (quatro-olhos, perna-grossa etc.), causando danos ao desenvolvimento da personalidade. Os apelidos pejorativos geram violência e ilustram apenas o início de uma guerra onde prevalecerá a destruição do outro, seja ética, psíquica ou fisicamente.

3 • O SIGNIFICADO DO MITO E SUA FUNÇÃO NA PEDAGOGIA, PSICAGOGIA E MISTAGOGIA

Mito designa uma narrativa, mas não uma narrativa qualquer. Pretendiam os antigos que fosse uma linguagem profunda, capaz de transmitir o divino ao homem. A raiz "mythos" é oriunda do sânscrito e quer dizer "sons divinos", "sons cósmicos". E porque sons? A linguagem antiga era cantada e os mitos recitados, como fazemos com os salmos até hoje. Não se contavam os mitos, mas se cantavam. A palavra "contar", em latim, deriva da palavra "cantar" e indica a perda da linguagem cantada propriamente dita na modernidade para a falada.

Essa linguagem deveria ser uma pedagogia universal e atingir a todo e qualquer indivíduo, independentemente de sua idade, cultura e formação. Ela deveria tocar nas verdades universais. De "mythos" derivou-se outra palavra muito importante: "meyin", que significava compreender os mitos, e quem a praticava era chamado "mysté". A escola que abrigava os "mystés" chamava-se "mysterius". Os locais retirados que praticavam os mistérios chamavam-se monastérios, palavra que se derivou de "mono", ou seja, local isolado e retirado onde se praticava o mistério. Os monastérios não eram apenas símbolos da Idade Média (um símbolo importante dela, sem dúvida), mas pertenciam à tradição dos locais retirados onde os Mystés se reuniam. Infelizmente, a partir do séc. III a.C., uma onda materialista invadiu o mundo helenístico e romano. As escolas dos mistérios começaram a se retirar e a se afastar para não serem perseguidas. Isso tudo foi resultado de uma desorganização social e política nesse período. Os pitagóricos, que praticavam os mistérios da escola órfico-pitagórica, a escola dos mistérios de Eleusias e diversas outras começaram a se afastar e tentar sobreviver, surgindo então os chamados monastérios. Na Trácia, ainda hoje se encontram muitos monastérios (pertencem à tradição cristã, embora inspirados nas escolas dos mistérios da antiguidade), sendo de uma beleza extraordinária. Ficam em locais elevados e muitos deles levaram décadas para serem construídos, sendo todo o material levado através de cestos. Todas essas escolas pregavam o caminho do herói, que caiu em desuso. Não se tratava de um caminho guerreiro, como iremos erroneamente associar mais tarde. Era o caminho da libertação do ser, da libertação do mistério interior de cada um e do conhecimento dos deuses pelos homens. O herói era aquele que libertava sua alma aprisionada na escuridão (a caverna de Sócrates) e buscava a luz – o "Conhece-te a ti mesmo". Não se tratava do autoconhecimento psicológico, mas muito além, buscava o conhecimento cósmico. Era o homem frente ao mistério do seu destino, que buscava de onde viera, o que estaria fazendo aqui e o sentido de sua vida. Por isso, a morte honrada era o maior objetivo do herói. Morrer com honra, como veremos mais tarde nos cavaleiros da Idade Média, era saber determinar a sua existência atual, porque ela teria uma continuidade posterior. Esses homens não estavam para a guerra, como o homem do período helenístico (a partir do séc. III a.C.), que era guerreiro por excelência e não dava lugar para as escolas dos mistérios. Por essa razão, principalmente, Sócrates foi condenado à morte. Os homens das escolas dos mistérios eram mal vindos, porque não pregavam a conquista do outro e das cidades, pregavam a conquista de si mesmo. Portanto, não eram homens de índole guerreira. Mais ainda, as mulheres, educadas segundo as escolas de mistérios, eram sacerdotisas de Eros, o que nada tinha a ver com prostituição ou sexualidade libertina. No período helenístico teve início uma onda de hedonismo que até hoje persiste (era a busca do prazer como um fim em si mesmo, inclusive erótico). Não havia mais mestres que ensinassem o conhecimento através de Eros, ou seja, a libertação do homem só sendo possível através da paixão pela verdade. A mulher iniciada tinha um papel importante; era conhecida como aquela que praticava as "maiás" (fermentações, transformações); por isso era conhecida como maga (ou bruxa, na Idade Média). Maga veio da raiz "myesis" e queria dizer "aquela que era versada na arte da fermentação". Ora, fermentação, em grego, era "maiá". O que era fermentar? Era evoluir (aumentar) o espírito. Ao interrogar-se o espírito, ele despertava e crescia. Daí nasceu a arte que Sócrates praticava, a "mayeutiké". A magia veio dessa raiz porque ela nasceu da fermentação, interrogação e investigação dos estados da alma. Maiêutica (assim se escreve em nossa língua) significava também encantamento, no sentido sedutor e mesmo erótico do termo. "Mayevo", em grego, significa até hoje encantar ou seduzir e também "urdir, arquitetar". O conhecimento mágico-encantatório era a chave do conhecimento das magas, sendo por isso tão perseguidas na Idade Média. O conhecimento erótico significava que elas se valiam dos encantamentos para "seduzir" o jovem e abrir-lhe as portas do conhecimento, sendo também suas iniciantes sexuais. Na antiguidade, a Paideia não podia ser ensinada sem Eros, sendo o conhecimento sem paixão considerado tolo e vazio. As escolas modernas que o digam. Basta lembrar que sempre que nos encantávamos com um mestre, não importava a disciplina que ele ensinasse, ela se tornava agradável. Mas, ao contrário, sempre que um mestre despertasse antipatia, sua disciplina se tornava motivo de descaso. Os antigos tinham razão: aprender pela paixão era o melhor dos instrumentos. Isso era praticado por essas magas, que durante o período do falso moralismo cristão foram perseguidas. Sócrates foi acusado de corromper seus alunos, mas foi uma acusação falsa. Ele praticava a arte das magas, pois também entendia que o aluno que não fosse apaixonado pelo seu mestre jamais aprenderia coisa alguma. E não foi condenado por práticas homossexuais, uma vez que a sexualidade era livre e praticada dessa forma por toda a Grécia. A razão verdadeira era que ele estava "corrompendo" seus alunos, para que não fossem mais educados como guerreiros, mas para que fossem educados como "mystés", ou seja, como homens buscando o conhecimento de si e do outro, e não as conquistas da guerra.

O mito, além de ser uma linguagem pedagógica e universal, abria as portas para a magia e o encantamento de si mesmo. Era uma linguagem de inequívoco erotismo, no sentido arcaico, e abria as portas para uma questão fundamental da existência: ensinando a conviver com o absurdo, a contradição e a ambiguidade, ensinava a tolerância e a aceitação. E por que ensinava a conviver com isso? Porque assim era (e sempre foi e será) o viver; morte e vida, essência e aparência, juventude e velhice, saúde e doença etc. A vida, enfim, era (e é) um coexistir de contradições insolúveis, e não havia (e não há) solução para a morte. O que existia era a esperança, a partir da morte, para uma nova vida. Os opostos coexistiam, e a linguagem mitológica nos parece hoje absurda pela sua falta de lógica. Dizemos que as coisas nesses mitos são e não são ao mesmo tempo. Mas o que significa isso? São, por exemplo, as transformações mágicas que um indivíduo passa num momento, sendo "santo" num determinado instante, sentindo simultaneamente uma irrupção de ódio (é o tão conhecido amar e odiar ao mesmo tempo). Isso apenas mostra que as ambiguidades não se opõem, mas coexistem e os mitos revelam-nas. Nós somos a própria ambiguidade. Não somos seres lógicos, procuramos o oposto para coexistirmos, e assim por diante, coexistindo com a dualidade e a incompletude. Só os deuses estavam acima da ambiguidade, da vida e da morte, do ser e não ser. Eles eram (e são) a eternidade e nós, a efemeridade e, como tais, estaremos sempre tentando escapar e sempre nos perdendo no ser e não ser das coisas.

Os mitos representavam o caminho do herói, eram o grande exemplo a seguir para que o homem pudesse enfrentar e suplantar sua terrível condição mortal: cair no esquecimento, no nada e na total insignificância. Todos lutamos até hoje para "ser", e o horror dos horrores é o "não ser", é a perda de si, a dissolução. Aliás, a morte nos apavora por isso. O ateu vê a morte como um vazio; para ele, nada existe além. Mas para aquele que tem fé, o ser não se encerra na morte, ele não desaparece com o físico. Na verdade, o horror do ateu é acreditar (sic) que após a morte nada existe e, quanto mais ela se aproxima, mais aterrorizado fica. Dessa maneira, o grande desafio sempre foi suplantar, conseguir conhecer nosso destino para além da morte.

Todos os mitos, particularmente os mitos dos heróis, fundavam-se na crença de que a existência era algo para além da morte. E esta existência não começava com o nascimento, mas remontava a existências anteriores e não terminava com esse momento chamado morte, mas prosseguia. Se não se compreendesse essa questão, o caminho do herói perdia todo o sentido, porque se tratava de uma luta que ia muito além da existência presente. Era a fé em realizar algo em sua vida que ficaria para a posteridade, além deste momento físico e não apenas para os outros. Levaria consigo, em sua psiquê, para uma existência posterior, para um processo de aperfeiçoamento constante, indo além da degradação da condição humana.

O homem que não seguisse o caminho do herói, a cada existência retornaria mais degradado, enquanto aquele que o seguisse conseguiria encerrá-la cada vez mais elevado. Quando fazemos uma reflexão sobre nós mesmos, damo-nos conta de que podemos muito bem passar por esta existência saindo daqui um pouco mais sábios do que chegamos e, quando temos essa consciência, percebemos o quão ignorantes somos e lutamos para superar-nos. Assim, hoje como ontem, podemos terminar nossa existência menos ignorantes do que quando a iniciamos. A idade não é critério de sabedoria, apenas uma das condições. É preciso aproveitar os anos para preencher-se de sabedoria, e não de objetos. Platão salientava que o homem não tinha o direito de permanecer ignorante. Era o grande desafio do caminho do herói, e não se tratava da ignorância intelectual, mas da busca de uma sabedoria que elevasse a alma, que a fizesse superar a degradação.

O mito, ao expor a degradação do homem, sugeria que ele próprio tomasse posição no mundo frente à sua condição. Era mais fácil degradar-se do que se elevar, se regenerar, sendo esse desafio, o de vencer a degradação do homem, que era exposto nos mitos. Era a grande ambiguidade, o grande desafio que enfrentamos até hoje. Não importa aqui o tipo de herói da modernidade, que tudo vence. Trata-se do verdadeiro herói, aquele que é feito de vitórias e derrotas, porque retrata nossa condição, que é uma história incessante de ambas, mas cuja fé não permite a entrega.

A história de Hércules foi marcada por isso. Embora vencesse em todos os doze trabalhos, as perdas foram imensas. E sua marca maior foi os acessos de loucura. É o grande paradigma. É o leão que ferve dentro de nós, que tem de ser domado e muitas vezes tomará conta, ou assim há de ameaçar-nos. É essa luta constante que faz com que esse caminho se consolide – a história de Hércules não era uma história diferente da história de cada um. E essas perdas e derrotas, os grandes erros, não desqualificavam o herói; ele só estaria desqualificado quando desistisse. Temos outro tipo de herói aqui exposto: não apenas aquele que acredita que existe um destino para além da morte, mas alguém que sabe que é parte do humano a derrota. É também parte do humano a luta constante, sendo ainda um herói mais próximo da realidade do jovem, porque os heróis perfeitos são ótimos para os pedestais, mas difíceis para nos aproximarmos deles. O herói é humano na medida em que comete erros e acertos, e com ele podemos nos identificar e assim aprender.

Outra função importante do mito era abrir as portas do conhecimento cósmico de si e do outro. Não era um herói aquele não fosse capaz de conhecer a si próprio e aos outros. O mito era exposto na antiguidade através do canto, da dança e da récita. Na cultura hindu, por exemplo, todas as danças rituais expressam mitos: seu poder está em tirar-nos do cotidiano, do estado de consciência vulgar e lançar-nos para outro plano, em que vibramos de forma mais elevada. O canto e a dança faziam exatamente isso; tinham um poder inebriante, mágico, porque quando o corpo se libertava harmoniosamente, quebrava seus medos e trancas e alcançava novas alturas. O corpo falava através da dança e revelava um erotismo, uma sensualidade, que estaria normalmente guardada. Abria as portas para outra linguagem, onde os controles intelectuais se perdiam. Por isso encontramos na antiguidade tantas danças rituais, sendo a própria educação do guerreiro feita através da dança, como vemos nas tradições orientais até hoje.

O ritual da dança era um instrumento de educação, ao mesmo tempo em que libertava o ser. Era a realização de um mito, que se abria para o indivíduo. O cântico tinha a mesma função e qualquer pessoa que cantasse abria uma porta do sentir normalmente guardada e silenciosa. Os povos míticos praticavam a dança e o canto no seu cotidiano, e por isso eram vistos como povos "vagabundos"; trabalhavam pouco, preferindo o canto e a dança. Pois é, sorte deles. Glorificavam as festas como momento de libertação, e realmente nas festas soltamos o corpo, e a alegria toma conta de nós. Diziam os antigos que as musas se espalhavam pela casa para alegrá-los. Mas isto seria impossível sem o canto e a dança. Era uma cerimônia vista como o retorno do herói ao paraíso, local de infinita abundância.

A festa imitava o paraíso: afastava a morte e a doença, e a temporalidade era suspensa –faziam de conta que eram imortais. E a suspensão da temporalidade era a vivência de aproximação dos homens com os deuses. Abria-se a porta do sentir e fluía a duração. A angústia do tempo, que nos recorda a morte e a finitude, desaparecia. O caminho do herói passava pelo canto e pela dança porque abria as portas da imortalidade.

A récita tinha essa mesma função, pois despertava o caráter heroico no indivíduo, abrindo as portas do entusiasmo. Colocavam a força da paixão num poema e ele ganhava vida, penetrando a alma com todo seu poder. Estas eram as formas fundamentais de educar um jovem para torná-lo herói. Não poderia existir se não soubesse cantar e recitar, porque era isso que revelava sua força. Era o heroico não guerreiro, porque celebrava a vida, e não a morte e a destruição. Celebrava o verdadeiro erotismo, que significava a glorificação da vida em busca de sua imortalização.

Sócrates dizia que o homem nascia esquecido, que a arte de recordar começava no corpo e somente ao final chegaria à alma. Mas o que era essa arte de recordar? Era o reconhecimento das outras vidas, chamada de "arte da reminiscência". Era aquilo que "aprendemos" em outras vidas e que deveria ser recordado, sendo os vícios esquecidos, para que pudéssemos nos livrar deles e acumular cada vez mais virtudes. Dizia ainda que não se ensinava nada ao jovem, apenas se perguntava. "Ele se recordará daquilo que de algum modo já sabe". Mas a recordação não era um exercício intelectual sofístico. Recordar era uma arte que começava no corpo. Jean Piaget, muitos séculos mais tarde, lembrou-nos (sic) de que a criança pensa com as mãos e não com a cabeça. É pelas mãos que ela aprenderá, e de nada adiantará o quadro negro. Ela nada aprenderá olhando e ouvindo. Vale aqui recordarnos do célebre aforismo de Confúcio, do século VI a.C.:

"Se ouço, esqueço."

"Se vejo, às vezes lembro."

"Mas se faço, entendo"

Eis, em algumas palavras, a teoria epistemológica de Jean Piaget, que valorizou as mãos e o corpo em geral. É pelo corpo que se aprende. Quando exercitamos e educamos o corpo, damos ao jovem a segurança e a força do ser. É pelo exercitar desse corpo que acontecerá a interiorização de sua vida. E essa arte não é narcísica – é um exercício necessário para recordar seus talentos e capacidades através do corpo.

As três etapas da Paideia preparavam o indivíduo para o exercício heroico. Eram elas: a Paideia (daí vem Pedagogia), a Psiquéia (daí vem Psicagogia) e a Mistéia (daí vem Mistagogia). A finalidade era aproximar os homens dos deuses, aproximá-los da força dos deuses. Mas que força era essa? Não se tratava da imortalidade, mas da força criadora dos deuses da antiguidade helênica, que nada mais eram do que princípios cósmicos. Por ocasião do nascimento do jovem, ele era consagrado a certas divindades, segundo sua carta astral. Era a astrologia arcaica, onde o nome que o indivíduo recebia revelaria seu destino, indicando caminhos a percorrer e os talentos a realizar. O herói era aquele que conseguiria cumprir seus talentos e o traidor seria aquele que se esqueceria deles (desperdiçaria). Portanto, era fundamental o conceito de verdade. Conseguia ser ele próprio, expressando no corpo, no exterior e no interior, tudo aquilo que trouxe das outras existências. Realizar os talentos era tornar-se verdadeiro. A educação arcaica era voltada para a verdade, e não para o conhecimento intelectual. Este era secundário, e a revelação da verdade era fundamental para a Paideia. Examinemos agora este conceito:

O herói esgotava seu corpo e potência para transformar seus talentos em obras de arte, em criação. Assim dizia-nos Píndaro: "Esgota toda tua potência e energia para criar, para aquilo para que você foi feito. Não desperdiça a ti próprio; os deuses vingam-se daqueles que recebem talentos e os desperdiçam em benefício pessoal, ou jogam fora. Uma vez desprezados, seja uma bela voz, uma mão talentosa, uma sensibilidade qualquer, provocarão a ira dos deuses, e especialmente do deus dos mortos." Dizia a tradição que quando a alma, após a morte, descesse pelo rio Lethé (o rio do esquecimento) e chegasse à frente de Perséfone, a juíza infernal, esposa de Hades (deus dos mortos, veja Apêndice), era isso que ela iria julgar: "O que fizeste de teus talentos?". Ou seja, o que fizeste de teu nome? Jogaste fora ou transformaste em obra de arte, em criação? Este era o julgamento. A alma estaria tanto mais próxima da imortalidade se tivesse tido uma vida heróica, mas cairia no esquecimento se tivesse sido traidora dos deuses. Quanto mais velha fosse uma alma, menos livre seria, diziam os antigos. Almas velhas significavam aquelas que já tinham passado por muitas existências e estavam mais aperfeiçoadas – elas já vinham com certa sabedoria. E, no entanto, as almas que têm muita sabedoria parecem ser escolhidas pelos deuses como seus enviados. Seu Daimon (sua parte imortal) não deixa lugar para a liberdade de escolha. Parece que elas vêm aqui para a Terra já predestinadas. E, ao lermos a história dos grandes homens santos (Confúcio, Buda, Cristo, Moisés, Maomé etc.), vemos que eles não tiveram escolha na sua existência. Seu caminho heroico estava absolutamente determinado, e o destino a cumprir se impôs com toda força para eles. Em vários relatos, eles "ouviam vozes" e já sabiam o que deveria ser feito. A revelação lhes era imposta com uma força extraordinária.

Essa forma de revelação do destino não é fácil para o homem moderno. Precisamos nos esforçar muito para compreendermos qual é o nosso destino, qual é o sentido de nossa existência, e buscamos um sentido maior para ela além de ter filhos e sustentá-los. Mas esse mistério precisa de uma arte. Os antigos diziam que aquele que não aprendesse a arte de calar-se nunca poderia ouvir a si próprio. No entanto, esta é uma difícil arte nos tempos de hoje. Exige dois esforços fundamentais: calar o imaginário e calar o emocional.

O imaginário, para que possa ser silenciado, demanda que aceitemos a realidade como ela é, sem que a interpretemos, sem que a transformemos. Não que não seja importante transformar, interpretar e recriar. Mas há momentos em que, se queremos compreender a realidade, é necessário que ela nos penetre e para isso nossas vozes mentais deverão permanecer caladas. Aquele que interpreta, mata a realidade. O real, para se impor com toda a sua força poética e criadora, necessita de nosso silêncio e aceitação. Somente quando temos essa humildade ele se revela.

Essas provas de calar as vozes mentais e emocionais exigiam serem cumpridas, do contrário não se ouviria a voz da intuição, que revelava o segredo do destino – passo inicial para que o herói pudesse iniciar seu caminho. O verdadeiro herói tinha certeza de seu caminho, porque uma voz interior lhe falava e essa voz os antigos chamavam de voz de Apolo, voz da luz. Mas era preciso que dominasse a arte de exercitar o silêncio para que ela pudesse efetivamente falar. Isso era um exercício chamado de "acusmático" (a arte de ouvir). Eram assim chamados os jovens quando entravam nesse período para realizar as provas, inclusive a mais difícil de todas: o isolamento do acusmático.

Primeiro teria que aprender a ouvir seu interior. Se quisesse se conhecer, como poderia fazê-lo se não se ouvisse? E ouvir a si próprio não era algo como "quero um sorvete", "quero um carro" etc. Ouvir a si próprio era ouvir ao próprio ser; era entender quem se é. Ele tinha pontos fortes e fracos, tinha necessidades, preferências, ritmos, respiração, enfim, tantas coisas. Imagine-se então que riquezas se revelariam ao ser; sua bondade, por exemplo, seus egoísmos, seus defeitos etc. Descobria caminhos errados e certos. Essa voz tornava-se tanto mais poderosa quanto mais era exercitada, e esta era a arte do acusmático, do silenciar para ouvir. Mas tornava-se tanto mais ausente quanto mais impusesse sua lógica, argumentos, vontades e tendências impulsivas.

Essa era uma longa arte, que requeria exercícios diários, e um dos aspectos fundamentais do exercício acusmático chamava-se a "arte de ouvir os mestres". Porque, diziam os mestres, quem não aprendesse a arte de ouvir o outro, de nada adiantaria ouvir a si próprio; era preciso conquistar esta outra arte. E quando aprendesse a ouvir o outro, quantas lições fantásticas captaria. Nasceria o belo estado da alma chamado "estar atento ao outro e ao mundo."

A interpretação e o imaginário são um momento segundo da criação. A criação requer o silêncio inicial para que possa eclodir a verdade do ser e para que se possa apreender o real. Sem esse silêncio, a verdade do ser não despontará jamais – eclodirá, isso sim, a confusão mental própria do racionalismo.

Havia mais três provas para a preparação do acusmático: a primeira era a prova do orgulho. Enquanto não nascesse a humildade, o conhecimento não viria. Era óbvio que o conhecimento só poderia nascer com o espírito socrático de que "tudo que sei é que nada sei". Enquanto não brotasse a verdadeira humildade do ser, o conhecimento não poderia penetrar. A humildade era o estado de espírito que abria as portas para os deuses. "Os deuses não adentram os espíritos arrogantes" (Píndaro, Fragmentos).

Vemos que, para a tradição iniciática, a primeira prova tratava da educação da virtude. Era aplicada desde cedo e continuamente. Isso ocorria na Paideia (dos seis aos dezoito anos). Também na segunda etapa, a Psiquéia (dos quinze aos vinte e oito anos), e na terceira, a Mistéia (dos vinte e oito aos quarenta, até sessenta anos).

Não podemos deixar de notar o quanto é equivocada a idéia de a educação de hoje centrar-se em obter um diploma e trabalhar. A finalidade da educação não é somente o trabalho, que certamente é uma necessidade para a sobrevivência. Educavase para aproximar os homens dos deuses, para transformar o homem em obra de arte e torná-lo criador, e principalmente para que respeitasse e preservasse a vida. O homem está aqui a serviço dos deuses, para continuar a obra da Criação. É esta a sua função, e por isso e para isso ele era educado. Na Paideia, os dez primeiros anos eram para a educação da virtude. O jovem é orgulhoso (surdo, diríamos), não ouve ninguém, não se abre para o verdadeiro saber que é o diálogo. A prova do orgulho era prova fundamental para a arte de ouvir.

A segunda prova era dedicada ao imaginário. Tratava do aprendizado para se reconhecer a verdade, dominando os devaneios. Esta prova era fundamental para que a verdade pudesse penetrá-lo, pois voltava-se para a compreensão do mundo e do outro. O herói era aquele que verdadeiramente silenciava o imaginário para captar o outro e não se deixava dominar pelos devaneios. Não adivinhava o outro nem o mundo, simplesmente deixava-se penetrar pelo mundo tal qual ele se apresentasse.

A terceira prova era dedicada ao governo das emoções. A beleza do erotismo era saber a quem entregá-lo. Tratava-se de aprender a entregar-se por paixão verdadeira, mas não a qualquer um e muito menos por interesse ou por conveniências. Era o oposto do hedonismo, que era visto como o desvario da sexualidade como um fim em si mesmo. A beleza do erotismo requeria autocontrole, e quem não o obtivesse jamais encontraria nem a si mesmo nem ao outro; é daí que nasceriam os grandes desencontros. A verdadeira liberdade erótica (no sentido arcaico) era a liberdade do ser, não a liberdade individualista. O governo das emoções era ensinado desde o início na Paideia, sendo o mito de Hipólita um dos mais belos, pois retratava a nobreza da rainha das Amazonas como alguém que só se entregaria a quem fosse verdadeiro. A civilidade, para o pensamento antigo, significava que o indivíduo tinha suas emoções e erotismo educados, sabendo muito bem onde aplicálos. Era objeto de educação intensa, sendo o instinto feito para ser aperfeiçoado e depurado, mas não castrado nem solto como um animal selvagem.

O isolamento do acusmático era parte fundamental da introdução à Psiquéia, ou Psicagogia (etapa que durava aproximadamente quinze anos). Era o período consagrado ao conhecimento de si próprio. Nesta fase, os mestres costumavam levar os jovens para os bosques, deixando-os numa clareira para passarem a noite sozinhos. Deviam conhecer o silêncio de si próprios e ouvir os sons da natureza. Praticavam também a arte de perguntar (infelizmente nossas escolas somente praticam a arte de responder o que foi decorado). Tinha que ser exercitada e repetida muitas vezes, centrando-se no Enigma da Esfinge: “Quem sou eu?”, “De onde venho?” “Para onde vou?” (por que nasci homem ou mulher e por que tenho que viver assim, o que faço do meu futuro? Por que tenho que morrer, o que faço de minha existência, o que é Deus, o que é a vida?). Esse era o mistério que estava borbulhando e precisaria ser questionado. Mas como seria respondido se não se aprendesse a arte de perguntar? Tal arte é que prepararia o conhecimento de si próprio. O processo terapêutico moderno buscou esta arte; o terapeuta verdadeiro é aquele que conhece a arte de calar, porque assim propicia a coragem que nos falta, a coragem que não nos deixaram exercer durante décadas, esta de fazer perguntas.

Estamos agora na segunda etapa da preparação do herói: a arte de perguntar. A primeira era a busca da verdade e da virtude (que estavam no interior do ser). A segunda seria a arte de perguntar – ele já aprendera a ser humilde e a dominar seus devaneios e emoções. Agora, poderia perguntar.

Recapitulando, esses eram três os grandes estágios da formação do homem ético e criador no pensamento arcaico. O primeiro era a Paideia, de onde se derivou a Pedagogia – era a formação da virtude e da verdade. O segundo era a Psiquéia, de onde se derivou a Psicagogia – era a formação do governo das emoções, da arte de perguntar, da arte de interrogar o ser; enfim, era o "Conhece-te a ti mesmo". O terceiro era a Mistéia, ou Mistagogia, que se iniciava somente aos vinte e oito anos, podendo passar dos sessenta – era a arte do conhecimento dos deuses. Era longa a formação do homem, sem dúvida, sendo que os orientais praticam até hoje esta arte. Agora entendemos porque as danças rituais orientais, como, por exemplo, o Tai Chi Chuan, são praticadas durante décadas, não havendo etapa final. Não existe o "já aprendido". O verdadeiro mestre é aquele que sempre nada sabe e está sempre se preparando.

Este terceiro período chamado Mistéia, onde se praticava a Mistagogia, era facultado aos que sentissem inclinação para se tornarem mestres, uma vez que era voltada para o conhecimento dos deuses. Os iniciantes se associavam a uma escola dos mistérios, havendo um período de dois anos de reclusão. A partir daí, preparavam-se para se tornarem mestres. O Simpósio era a estrutura fundamental, era a mola mestra, o pilar do funcionamento da formação mistagógica – era lá que o mestre exercia suas funções. Os cidadãos reuniam-se numa irmandade: não pertencer a alguma era não ser ninguém. Mesmo quem não fosse mistagogo frequentava os simpósios. Na verdade, todos os cidadãos, quase todos os dias, assistiam-nos. Daí o brilho da civilização helênica – não é que fossem gênios, mas construíam verdadeiros heróis e homens éticos e criadores. Os Simpósios eram locais de reflexão e de discussão, onde questões como a busca do destino e a busca de si eram abordadas. Somente no período romano é que se degeneraram em banquetes. Vale notar que os cidadãos sempre frequentavam os Simpósios, desde os catorze até depois dos setenta anos. Normalmente, tinham início por volta das dez horas da noite e estendiam--se até as duas ou três horas da madrugada. Cada cidadão levava o que tivesse – bolos, frutas da época, água e vinho (que era tomado aguado, para relaxar e inebriar, jamais para se embriagar).

Finalmente, vale descrever sucintamente a passagem do jovem para cidadão e o papel da pólis nesse ritual. Mas o que era ser cidadão? Era ser civilizado, acima de tudo, ter o que dizer e oferecer à pólis, ter algo no interior e um destino a cumprir, no plano individual e social. Era considerado uma glória, aos dezoito anos, ter algo a oferecer à cidade. Essa era uma idade aproximada, pois o fundamental era o momento em que o mestre sentisse que determinado jovem estava pronto, podendo variar entre os dezesseis e os dezenove, vinte anos. Sófocles foi apresentado à pólis aos quinze anos, sendo aclamado. Já os que não eram aclamados, retornavam para o mestre para uma segunda chance. Aliás, esse retorno era frequente, quando então se exigia um melhor preparo. O próprio Platão só se apresentou à pólis aos vinte e três anos – afinal, precocidade não é e nunca foi sinônimo de genialidade.

Note-se que desde os catorze anos o jovem podia frequentar os Simpósios que aconteciam na casa do mestre. Mas nessa idade só devia perguntar, pois só poderia falar quando fosse cidadão, quando então se dedicava a uma atividade para sobreviver e tinha a obrigação de criar e dar algo à pólis, passando a estar ligado às atividades de algum templo. Esta era a sua função social e de evolução como herói.

CAPÍTULO I

NATUREZA E FUNÇÃO DOS DOZE TRABALHOS DE HÉRCULES NA FORMAÇÃO DO HOMEM "OBRA DE ARTE, ÉTICO E CRIADOR"

Os trabalhos representavam as doze etapas da transcendência, os doze caminhos propostos ao homem para que pudesse elevar-se à categoria de herói, o semelhante aos deuses. Na antiguidade, até o séc. V a.C, eram a base da educação dos jovens, a chamada Paideia.

Os mestres educavam as crianças e jovens nos bosques, porque entendiam que aprender ao lado da natureza era o local ideal onde a vida transbordava por todos os lados, sendo por si só uma grande lição. Cada um encarregava-se de doze alunos; seus pais forneciam tudo que o mestre necessitasse, de modo que não precisavam preocupar-se com sua subsistência. Assim, podia dedicar-se totalmente a esses jovens, que estariam com ele durante quinze anos aproximadamente. Note-se, finalmente, que deveria ter mais de quarenta anos e pertencer a uma escola dos mistérios há pelo menos doze anos.

Através dos doze trabalhos, aprendiam desde as tarefas básicas da vida (higiene, saúde, prevenção etc.) até as mais transcendentais, como o sentido da vida e da morte, a honra e a dignidade de viver e morrer. "O risco maior é viver e morrer em vão" (Píndaro, séc. VI a.C.). Aos dezoito anos, aproximadamente, o jovem teria um grande desafio, considerado o maior: ir à Ágora (praça central da pólis – era local de encontro social, comercial e cultural) e discursar para os cidadãos expondo a que veio, quem era, e explicitar o sentido que atribuía para a sua vida. Mais ainda, expor quais talentos possuía para servir a pólis. Se o discurso fosse convincente, seria aclamado cidadão, conquistando todos os direitos políticos. Tornar-se cidadão significava o direito de ser reconhecido como "anthropos" (do sânscrito "anth" - olhar para os deuses, para o alto, e "tropos" – conseguir, maneira de), distinguindo-se do bárbaro, que não era nem educado nem preparado para buscar as respostas do Enigma da Esfinge: "Quem sou, que faço aqui e para onde vou?" Além de cidadão, era reconhecido como "politicós" e "politisménos", que em grego antigo significavam "o homem ético da pólis e o homem civilizado", respectivamente. Vale notar a proximidade linguística das duas palavras e todas as suas implicações para o conceito moderno de político. Os políticos de hoje dificilmente seriam considerados éticos e ou civilizados pelos critérios da Paideia. Consideremos também que se tomarmos um jovem de hoje e lhe pedirmos tarefa semelhante (discursar a que veio etc.), não será surpresa o resultado desastroso. Não é que não possa fazê-lo; simplesmente não teve o menor preparo para saber de si e do outro, pois está em estado selvagem do ponto de vista da Paideia, mesmo frequentando a melhor escola ou universidade.

Era costume, como já notamos, soltar os jovens no bosque para que primeiro gastassem suas energias e, quando estivessem cansados, reuni-los sentados à vontade no chão para ouvirem as histórias (mitos) que o mestre contaria. É sempre triste constatar que a criança de hoje é, antes de tudo, comprimida numa fila ao chegar à escola, para em seguida ser presa a uma carteira, onde destruirá sua postura e coluna ao longo dos anos. Na hora do intervalo, haverá o espetáculo de selvageria, que tão bem conhecemos: urros, gritaria, chutes, brigas etc.

Cabia ainda ao mestre, além de praticar a arte de glorificar os cognomes de todos e praticar a troca de papéis para o conhecimento mútuo, contar os mitos de heróis exemplares, que serviriam de base para a conduta e a construção do caráter do jovem, a partir desses mesmos heróis a que seu nome estava relacionado. Um desses mitos eram os doze trabalhos de Hércules. A história de um jovem desvairado na origem, como todos nós, que se tornou um imortal através da busca incansável de encontrar seu caminho por meio de diversos erros e acertos. O adorável de sua história era justamente sua "humanidade". Sua fraqueza e força combinadas estavam ao alcance de todos os jovens. Não se tratava de um herói moderno, poderoso e perfeito, inatingível. Tinha todos os defeitos e qualidades possíveis, de modo que qualquer um poderia com ele se identificar e nele se espelhar no caminho da construção do "anthropos". Mais do que tudo, Hércules era o exemplo de que, mesmo tendo todos os defeitos, era possível alcançar a imortalidade. E não há como negar: está na essência do humano buscar espelhos para se orientar em seu longo caminho, mas é preciso que estejam ao alcance de suas mãos e possibilidades. Heróis perfeitos (os "super" da modernidade) são quiméricos (Quimera: monstro mitológico que representava a busca de ideais e conquistas impossíveis), portanto inatingíveis. Ou ainda geram passividade ou delírio. Pior, geram o desejo onipotente de fazer justiça com as próprias mãos. Que os deuses nos protejam desses heróis (sic) que a televisão e os videogames hoje fabricam. Vejam-se os desenhos animados, Madonna e Michael Jackson, para citar alguns: estamos numa época em que destruímos os mitos e o verdadeiro heroico. Não há mais modelos libertadores, mas distorcidos no caráter e eticamente desastrosos.

Hércules nada tinha de grandioso. Começou sua vida de estudante realizando uma fantasia comum a todo jovem: dar uma pancada na cabeça do mestre que o desagradasse; enfim, dele livrar-se. Mas, sendo igual a todos nós, alcançou a imortalidade. E, se ele pôde, porque não poderíamos nós também? Este era o modelo de herói proposto por Hércules: com todas as qualidades e defeitos, lutava para evoluir, sendo este o verdadeiro caráter heroico, no qual o jovem poderia se espelhar e abraçar, visto que tais características eram tão próximas, admitindo seus defeitos. Entendemos agora porque era uma verdadeira paixão nacional e veremos ainda que, em todos os trabalhos, suas armas e força descomunal eram inúteis. Somente vencia quando desistia desses recursos e optava pelo caminho da sabedoria, sendo portanto o melhor espelho para indicar o caminho da evolução para o jovem. Este é o único caminho possível para vencermos os monstros com os quais nos deparamos em nossa existência interior e exterior. Assim, ensinava sempre aos jovens que a via da força bruta estava sempre fadada ao fracasso, mesmo sendo o mais forte dos mortais, que dizer então de um jovem comum.

Esta era a proposta do herói: queres encontrar o meio de vencer os "monstros" (as dificuldades da vida)? Não será com a força e as armas, será como Hércules fez: buscando as respostas, consultando a si próprio, a seus talentos e possibilidades e buscando a sabedoria dos deuses.

Estes trabalhos eram constantemente encenados pelos jovens como forma de incorporar à sua vida as mensagens neles contidas e elaborar as soluções encontradas para vencer os seus "monstros", uma vez que os talentos e possibilidades de cada um eram diversos. Repetidos incessantemente, permitiam sua recriação e o "saborear", tornando-se algo como as histórias que ouvíamos – de novo e de novo! – de nossas mães ou avós. Essa repetição despertava uma paixão e tornava-se uma experiência inesquecível, parte integrante da arte de viver e amar. Se nossos mestres pudessem avaliar como é inútil e enfadonho o quadro-negro para o jovem! Confúcio tinha razão: o que aí vemos, poucas vezes lembramos e raramente entendemos. Eis a magia do mito contado, recontado e representado. Permitia um entendimento que apaixona e por isso se unia para sempre ao jovem, como condutor de sua vida nos planos mais fundamentais: no plano do exercício da verdade, no plano da coragem de ser e no plano ético da honra e dignidade de viver.

Triste modernidade a nossa, tão bem equipada tecnicamente e tão incapaz de construir um homem que exerça o mandamento máximo da ética, o único necessário: "Todo homem tem o direito inalienável de nascer, viver e morrer com dignidade e honra". Precisamos voltar no tempo milhares de anos, para resgatar esta sabedoria perene e reconstruir o homem esfacelado do nosso século. Temos de recuperar o caminho do herói na educação, reaprender os caminhos e o sentido da vida, entender que nascemos selvagens e somente este caminho poderá nos tornar cultores de tudo que é vivo, honrando-o, preservando-o e recriando-o. Não podemos mais correr o risco de viver e morrer em vão.

1 • SIGNIFICADO MISTAGÓGICO DO CONCEITO DE HERÓI NA ANTIGUIDADE

Significava no período grego arcaico aproximar-se de Deus e cultuar o sagrado. Por muito tempo pensou-se que o nome Héracles provinha de Hera, mas este argumento não se sustenta, pois foi ela a deusa que mais o perseguiu. Ademais, Hera não era deusa da transcendência (deuses voltados para nos ensinarem a arte de evoluir espiritualmente), mas deidade da permanência (deuses voltados para nos ensinarem a arte do cotidiano aqui na Terra): a palavra deriva de "íroas" (ηρωας), acrescentando-se ainda que a palavra "íroas" (herói em grego) deriva de "ieró" (ιερό), que significa sagrado. Héracles significa aquele que foi feito para o sagrado (Ηρα - κλης - sagrado - tendência). Ele recebeu este nome do oráculo de Delfos por ordem de Apolo, deidade da transcendência, pois ao nascer chamava-

-se Alcides – aquele feito para cultuar a força das idéias.

Os heróis representavam para o pensamento arcaico uma raça; o culto do herói era semelhante ao culto dos deuses, sendo que os mais famosos eram Héracles, Teseu (o herói ateniense) e Perseu. A função do herói era messiânica (note-se que Pitágoras também era cultuado como herói) e eles representavam a quinta raça, que transcendeu a raça de ferro (aquela que se carcomia e se desfazia). Era a raça que superou a degenerescência.

De acordo com J. P. Vernant (Mito e Pensamento entre os Gregos), os níveis das raças não são lineares, mas justapõem-se: primeiro nascera a raça de Ouro, sendo os homens seguidores da justa medida dos deuses; depois viera a raça de Prata, que eram os homens cuja força e inteligência era governada pelo desvario do poder; a seguir vinha a raça de bronze; eram aqueles que faziam as leis com as próprias mãos; finalmente, nasceu a raça dos homens que conhecem a velhice, a pouca juventude, a doença e a fome, a raça de ferro. Livra-se dela a quinta raça – a dos heróis - e ela transcende porque é mais justa e virtuosa; portanto é uma raça que passará por provas para conquistar a imortalidade.

Isto leva-nos à concepção dos antigos sobre a transcendência. Na concepção de Hesíodo: do mortal (ferro) aos heróis, dos heróis ao Daimon, do Daimon aos deuses. O primeiro passo da transcendência dos homens era o culto do sagrado, de tornar-se herói e prestar culto à Dike (a justa medida dos deuses, ou seja, a ética cósmica). Isto fazia com que se libertasse o Daimon. Essa palavra veio de Dias, Zeus, (tradição minóica /micênica) e significava o gênio imortal que habitava nossa alma.

Era um gênio interior que representava nossa parte imortal. Vindo de outras metempsicoses (reencarnações), era os talentos e virtudes que carregamos e tenderiam a vir à luz. Sócrates dizia que queria sair da caverna, queria recordar. Para cada herói, transformar esse Daimon era iluminá-lo; portanto, era essa entidade imortal que respondia pela transformação da psiquê em pneuma. Psiquê para os antigos não passava de mera entidade material, pertencendo aos princípios: terra, água, ar, fogo (simbolizados pelo quadrado). A transformação dos quatro elementos em pneuma pertencia ao triângulo sagrado, sendo a psique entidade de transformação. O Daimon representava o triângulo, portanto espiritual: eis o que era pneuma. O papel do herói era o de arrancar o homem desse ciclo do ferro e fazer com que ele atingisse o TELOS (ΤΕΛΟΣ), que significava livrar-se do tempo ou sair da temporalidade, sair do ciclo das gerações e da roda da vida. Realizaria esse ir e vir tantas vezes até que pudesse transcender e reconquistar a imortalidade perdida.

2 • O SIGNIFICADO DO HERÓI NA TRADIÇÃO HELÊNICA

A: Na Ilíada - Era o guerreiro que tentava ser semelhante aos deuses, significando que, já identificados os deuses a que servia, buscava a caminho da imortalidade.

O verdadeiro herói, cuja honra era morrer dignamente, era o homem destemido; havia um desejo e busca da morte gloriosa e digna, pois esta morte "imortalizava-o".

A vida era significativa no que importava: morrer acumulando em vida tanta dignidade a ponto de se atingir o TELOS.

B: Na Odisséia – Era o herói cuja nobreza se assentava na sabedoria, diferentemente da Ilíada, onde partia em busca de sua consagração. Durante seu retorno, mostraria todo seu saber e, por isso, era acompanhado frequentemente por Atená.

C: Na Teogonia – Hesíodo colocava o herói como a raça mais justa, próxima do conceito de Dike (justa medida), a justiça implacável, que o ouro representava. É daqui que se rastreia a tradição alquímica, onde a pedra filosofal, a qual tudo que tocava transformava em ouro, representava a transmutação da alma do ferro ou chumbo – símbolo de nossa condição mortal – para o ouro, imortal. Este era o verdadeiro objetivo da Alquimia, e não a descoberta do segredo de transformar qualquer metal em ouro, como o saber vulgar propalou. A pedra filosofal significava a sabedoria hermética (de Hermes, o deus que ensinava a percorrer os caminhos para reconquistar a imortalidade da alma).

Héracles passou por estas três etapas. Os doze trabalhos já eram conhecidos na época da Odisséia e o número doze significava o culto aos doze deuses. O herói era uma rara combinação de força e fraqueza ao mesmo tempo, tendo uma natureza no início instintual e grotesca, sendo depurada e refinada gradualmente.

Para os antigos havia também tradições do anti-herói, daquilo que não se deveria seguir. O tema de Édipo (no início de sua vida) e o de Helena de Tróia eram exemplares nesse sentido. O primeiro era a cegueira do homem que não queria ver, era aquele que se perdeu na arrogância, no seu racionalismo, e que aprendeu a ver (veja-se a este respeito "Édipo em Colono", de Sófocles e o livro "Édipo: Messias ou Complexo?", de minha autoria). A história de Helena tratava do tema da cobiça humana, o mais arcaico dos temas. Estes dois pontos – cegueira e cobiça – eram para os antigos os mais paradigmáticos do anti-herói e foram abordados sistematicamente em todos os trabalhos. Sempre que Héracles estava em vias de realizar um trabalho, era acompanhado por Atená e Hermes, que representavam a sabedoria e o guia para encontrar caminhos, respectivamente. Édipo e Helena de Tróia eram sempre recontados como desafios ao caminho do herói e eram assim utilizados na Paideia.

O culto dos heróis era praticado somente à noite, ao contrário do culto dos deuses, que era feito de dia. Era uma característica importante, porque representava o desafio dos homens para saírem das trevas em direção à luz. Nesses cultos, a vítima (carneiro e touro, principalmente) era totalmente incinerada, contradizendo o costume de se imolar e comer. A morte do herói significava a destruição dele próprio, e isto era simbolizado na cerimônia do sacrifício como sendo o seu maior risco: morrer em vão.

Havia piras de sacrifício dedicadas tanto aos deuses quanto aos heróis, e quanto mais se regride, mais estas duas figuras se fundem. Há evidências também de que os cultos dos heróis foram substituídos por cultos de deuses (nunca o contrário). Eram provavelmente cultos a Kronos (um deus primordial, que engolia seus filhos para conter o fluxo da Criação) e a Urano (pai de Kronos, deus mais primordial ainda, que devolvia seus filhos ao Tártaro a fim de impedir a Criação. O Tártaro estava muito próximo do Caos – veja Apêndice). Héracles era um herói tebano e pertencia ao ciclo de Tebas. Lá encontramos templos dedicados a ele, assim como em Atenas dedicados a Teseu, sendo o culto dos heróis tão importante quanto o dos deuses. Um mortal podia tornar-se herói e alcançar a imortalidade e, por isso, tal culto era muito difundido, havendo ainda o hábito de cada casa ter seu herói protetor. Héracles pertencia à tradição oral – sabe-se que na época da Ilíada já era consagrado. Sua saga vinha de Tebas, que por sua vez seguia tradições de origens micênicas e minóicas, muito anteriores.

Héracles era filho de Zeus e Alcmene, que numa mesma noite deitou-se com Zeus e com seu marido Anfitrião (aquele que abria as portas para a luz, para o sagrado – os deuses estão sempre no desconhecido). Destas uniões nasceram Alcides (Héracles), filho de Zeus, e Íficles, filho de Anfitrião. Zeus representava o fluir, a criação e a temporalidade. Suplantou seu pai, Kronos, que era a temporalidade recurva (simbolizava o impedimento da Criação, pois devorava seus filhos tão logo nasciam). Hera, sua irmã, era outra força de Kronos – do impedimento. Era mais cronida (similar a Kronos) que Zeus, e nessa condição desempenhou funções de retenção, opondo-se sempre a Zeus, que era a força da Criação (nesta oposição acontece o teatro cósmico e da condição humana).

Hera utilizou-se de um estratagema para retardar o nascimento de Héracles e destruí-lo, para isso enviando duas serpentes, as quais representavam a dualidade da condição humana. Consultado o oráculo de Delfos, este respondeu a Alcmene dizendo que seu filho seria símbolo de paz e da Dyke – este seria o destino de Héracles. Quando matou seu mestre – o poeta Lino – representou a resistência do jovem em desenvolver seu espírito. Foi então levado para ser criado por pastores no monte Cíteron, onde matou seu primeiro leão, vestindo sua pele.

Sua iniciação sexual deu-se com as 50 filhas do rei Téspio e seu primeiro casamento com Megara (filha do rei de Tebas), como prêmio da vitória contra os minianos. Recebeu muitos presentes dos deuses: a clava de Hermes, por exemplo, para bater com inteligência. A marca dos seus trabalhos foi enfrentar monstros que eram superiores a sua força, provindos do Tártaro (região abissal, próxima do Caos primordial). Héracles foi o escolhido por Zeus para consagrar aos homens a era Olímpica (símbolo de Zeus e da primazia da Criação, por oposição a seu pai, Kronos). Hera pretendia romper este ciclo e, sempre que podia, intervinha, sendo que em uma das ocasiões deu-lhe de presente a loucura. Os acessos de Héracles significavam que a transcendência do ser humano era um ato de loucura e que, quanto mais fina a espiritualidade do indivíduo, mais tênue era o limite. Não se pode esperar a elevação sem o risco de se machucar, sem o risco da perda de si próprio.

Héracles, num acesso de loucura, matou seus filhos, partindo para se purificar em seguida. Condenou-se ao exílio, e indo ao oráculo de Delfos, recebeu da Pítia o nome de Héracles. Não se chamaria mais Alcides, mas sim Héracles, por ordem de Apolo. Hera então exigiu que se dirigisse ao rei de Micenas e Corinto, Euristeu, cujo nome significa "aquele que te ajuda a encontrar e a achar". "O poder está sempre com os mais tolos, que submetem os heróis às mais árduas tarefas" (Píndaro, séc. VI a.C.). Euristeu e Héracles representavam a dualidade entre o poderoso e o herói, sendo que o primeiro sabia que não era digno do poder como, aliás, a quase totalidade dos poderosos.

3• SIGNIFICADO MISTAGÓGICO DO NOME HÉRACLES

Héracles representava para os gregos o herói por excelência. Filho de Zeus e de uma mortal, uma vez cumprida sua missão terrestre, foi chamado para o Olimpo, onde se sentou junto aos imortais e foi divinizado. Era chamado indistintamente de deus ou de herói, e isto leva-nos diretamente à questão da etimologia de seu nome, já introduzida anteriormente. Há muita discussão a respeito, mas aqui adotaremos o ponto de vista das tradições mistagógicas. O nome Héracles (Ηρακλης) é composto de duas partes: Hera (Ηρα) e Cles (Κλης). É grande a tentação em derivar seu nome da deusa Hera (Ηρα). Nada mais incorreto. Seu mito mostra-nos que justamente foi ela quem menos o desejou. O sufixo "cles" (κλης) não deixa dúvidas: indica, em grego, "tendência, inclinação, jeito para, aquele que se dedica a, aquele que foi destinado para e/ou consagrado". Ora, este sufixo, portanto afasta qualquer possibilidade de Hércules estar dedicado a Hera, pois foi ela quem mais o odiou e repudiou, como produto de um amor "ilícito" de seu esposo Zeus.

A chave estava no fato de que era chamado indistintamente de herói ou deus e no fato de que herói, em grego, é Ηρωας – íroas. A significação é clara e indica "aquele que estava consagrado e/ou dedicado e/ou destinado ao sagrado, a cumpri-lo". Revelava o caminho da iniciação, que era o caminho do herói em direção à imortalidade. Este era o caminho do homem iniciado, e Héracles foi seu paradigma, com seus doze trabalhos, que nada mais eram que o caminho da iniciação para tornar o homem herói e o herói imortal. Por isso foi indistintamente chamado de deus ou herói, daí ter sido ele recolhido ao Olimpo e transformado em deus: porque cumpriu sua missão (destino) e saiu do ciclo das gerações e regenerações (metempsicoses – *reencarnações*, como se fala hoje) e atingiu o "Telos", o final sagrado, que era a conquista da imortalidade.

Para maior clareza, a partir deste ponto não utilizaremos mais o nome latino "Hércules", mas somente o original grego Héracles.

4 • HISTÓRICO DE HÉRACLES

A popularidade de Héracles na Grécia remontava a épocas muito remotas, perdendo-se na noite dos tempos, e não conseguimos rastrear a origem de seu mito. Simbolizava a vitória da inteligência e da iniciação frente à força bruta e à desmedida (Hybris). Conta-nos Hesíodo em seu poema "O Escudo":

"Alcmene sobrepujava todas as mulheres de seio fecundo pela beleza de seu rosto e pela grandeza de seu porte. Nenhuma mortal que tivesse dado à luz com esposo mortal podia disputar-lhe o prêmio da sabedoria. De sua larga cabeleira e de suas negras pestanas desprendia-se uma graça semelhante à de Afrodite e, do fundo de seu coração, amava seu esposo como jamais mulher alguma tinha amado o seu. Era filha de Electrião e este, por sua vez, era filho de Andrômeda e de Perseu, rei de Micenas. Anfitrião matara acidentalmente Electrião e por isso tivera de abandonar a Argólida, estabelecendo-se em Tebas juntamente com Alcmene. Esta, no entanto, recusou deitar-se na mesma cama com ele até que fosse vingado o assassinato de seus irmãos por Táfios."

"Quando Anfitrião retornava a Tebas, tendo cumprido a incumbência de Alcmene, Zeus uniu-se com a filha de Electrião, Alcmene, a dos pés encantadores. Amorosamente dominada por um deus e pelo mais ilustre dos mortais (Anfitrião), logo a seguir deu à luz em Tebas a gêmeos de espírito diferente, embora irmãos. Um era como o resto dos homens e o outro, valoroso e terrível entre todos os heróis, o poderoso Héracles. Seu irmão gêmeo chamou-se Íficles."

5 • OS CIÚMES E A VINGANÇA DE HERA

Héracles foi alvo dos ataques da ciumenta Hera antes mesmo de nascer. Homero conta-nos na Ilíada de que subterfúgio valeu-se ela para subordinar o filho de Alcmene a outro mortal, Euristeu, antes que viesse ao mundo. Zeus dirigiu-se aos deuses do Olimpo com este discurso:

"- Escutem-me, deuses e deusas, pois quero que saibam o que dentro do meu peito meu coração me inspira. Hoje mesmo Ilítia, árbitra dos partos, trará à luz um menino saído de meu sangue que reinará sobre todos os homens".

- "Enganas-nos – exclamou a augusta Hera a Zeus, com o coração cheio de ódio e ardis. Tu não cumprirás o que anuncias. Jura-me então, afirma com teu irrevogável juramento que, com efeito, dominará a todos os homens o menino pertencente a tua raça, saído das entranhas de uma mulher". E Zeus, sem nada suspeitar, respondeu pronunciando o formidável juramento que tão funesto haveria de ser-lhe."

Hera deixou rapidamente o Olimpo e deteve-se em Argos de Acaya. Sabedora que a esposa de Esténelo, filho de Perseu e neto de Zeus, levava em seu seio havia sete meses um filho querido, fez com que nascesse prematuramente e, detendo Ilítia, retardou o parto de Alcmene. Em seguida, retornou ao lado do filho de Kronos e disse-lhe: "Zeus, que lanças o raio, tenho uma notícia para depositar em sua alma: o nobre varão que acaba de nascer é Euristeu, filho de Esténelo; saiu de seu sangue (era neto de Zeus) e não é indigno do poder soberano. E assim fez doer profundamente o coração de Zeus."

Quando Alcmene pariu os gêmeos – um dos quais Héracles – Hera não parou em sua vingança. Tentou matá-lo, enviando duas serpentes para asfixiá-lo. Hesíodo prossegue:

"A noite chegara ao meio de sua carreira. Arto estava já em declínio, e a seu lado Órion mostrava suas amplas espáduas, quando a ímpia Hera enviou ao palácio as horríveis serpentes de escamas azuladas para matarem o jovem Alcides. Os dois monstros, ávidos de sangue, arrastavam-se pela terra; seus olhos lançavam faíscas de fogo maldito e de suas bocas escorria um negro veneno. Aproximaram-se com suas venenosas línguas saltando das bocas, e então os amados filhos de Alcmene despertaram, pois nada permanece escondido de Zeus, e um súbito clarão iluminou o palácio. Foi Íficles quem as viu no canto de um escudo, prontas para o bote fatal. Começou imediatamente a chorar e a gritar e, atirando para longe o manto que o cobria, tentou fugir. Mas Héracles, que não tinha outra arma senão seu atrevimento agarrou com suas mãos infantis os terríveis répteis e apertou seus pescoços inchados de negro veneno, que até os deuses odeiam. Em vão, as serpentes enrolaram-se com mil voltas em torno desta criança, cujo nascimento Hera havia retardado e que jamais havia chorado. Logo as serpentes, exaustas dos inúteis esforços, desenrolaramse e tentaram, em vão, fugir das mãos que as asfixiavam."

"Alcmene, ao ouvir os gritos de Íficles, despertou Anfitrião e este, após vestir suas armas e chamar os servos do palácio, acudiu ao quarto de seus filhos. Vendo o pequeno Héracles apertando com suas pequenas mãos as serpentes, todos se apavoraram. Este, porém, com sua ingenuidade infantil, mostrava-as ao pai, e sorrindo, atirou-as mortas em sua direção. Alcmene, impressionada com o milagre, consultou o adivinho Tirésias, que lhe disse:"

"Seu filho tornar-se-á herói invencível assim que eliminar os monstros das florestas e os mais temíveis guerreiros, e ascenderá então à abóbada celeste. As Moiras (divindades que determinavam o destino dos mortais) escreveram em seu destino que realizará doze trabalhos. Depois, após abandonar seu corpo mortal na fogueira de Traquínia, irá ao palácio de Zeus. Lá se tornará genro desta mesma que lhe enviou as serpentes, retiradas dos antros selvagens para matá-lo. Dia virá em que o faminto lobo verá o pequeno cervo repousando sereno em sua toca e não se atreverá a tocá-lo" (célebre frase que invocava a função máxima do herói: espalhar o direito universal à vida, sem violência e atrocidades).

Mitos mais recentes mostram-nos várias outras versões, numa das quais Hera está amamentando Héracles, e contam-nos também que das gotas de leite de seus seios que caíram no céu formou-se a Via Láctea, e daquelas gotas que caíram na terra formou-se a flor-de-lis.

6 • A MORTE DO POETA LINO

A educação de Héracles foi descrita por Teócrito em sua obra "Idílios": "O jovem Héracles, que todos tomavam por filho de Anfitrião, teve como mestre o poeta Lino, filho de Apolo e mestre vigilante, que lhe ensinou as letras. Eurito ensinou-lhe a arte do arco e flecha. Eumolpo, o filho de Filamônides, ensinou-lhe o canto e o manejo da lira."

"Esta arte de entrelaçar as pernas com as do adversário, que os lutadores argivos inventaram para derrubar um rival, e as astúcias do pugilato foram-lhe ensinadas por um filho de Hermes, Harpálico, que nenhum combatente ousara jamais encarar, tal era o espanto e terror que suas espessas sobrancelhas imprimiam em sua terrível fronte."

"O próprio Anfitrião ensinou seu querido filho a conduzir o carro de guerra, manter a lança em riste, proteger-se com o escudo, atacar o rival, parar seus golpes e alinhar um exército para uma batalha. Preparar uma emboscada para o inimigo e conduzir um esquadrão, ensinou-lhe Castor".

"Tal era a educação que o melhor dos pais dava a Héracles. Gostava de dormir em cima da pele de um leão. Pela noite alimentava-se de um pão dórico com carne assada, suficiente apenas para o mais esfomeado guerreiro. Durante o dia comia frutas e alimentos leves. Suas roupas eram simples, sem bordados e não cobriam mais que a metade do corpo."

Cometeu então Héracles seu primeiro delito, matando o poeta e mestre Lino. Ao escolher um pergaminho para ler, foi admoestado por seu mestre, pois o considerou superficial. Um autor cômico – Aléxis – conta-nos que se chamava "O perfeito cozinheiro". Imaginem a raiva do poeta Lino...! Héracles enfureceu-se com suas críticas e matou-o. Para desculpar-se e inocentar-se perante os tribunais, invocou uma lei de Radamanto, que garantia a impunidade a quem se defende contra um ataque injusto.

"Por causa dessa lei foi absolvido" conta-nos Apolodoro de Atenas em sua obra "Biblioteca". No entanto, temendo novos incidentes, Anfitrião enviou Héracles para o monte Cíteron, para viver entre os pastores. Conta-nos também Apolodoro que ali desenvolveu uma força e estatura extraordinárias.

7 • INICIAÇÃO SEXUAL DE HÉRACLES

Apolodoro de Atenas relata que Héracles matou um leão que fazia terríveis estragos nos rebanhos de Anfitrião e de Téspio, rei dos Téspios. "Tendo matado o leão, esfolou-o e vestiu sua pele, usando sua cabeça à guisa de casco." Foi então que as filhas de Téspio deitaram-se com Héracles.

Continua Apolodoro:

"Héracles ficou cinquenta dias no palácio de Téspios. Este tivera cinquenta filhas de sua esposa Megamedes, filha de Arneu. Queria muito que elas tivessem filhos de Héracles, e assim, enquanto ele morou em sua casa, fazia com que cada dia uma se deitasse com ele. Pensando que era sempre a mesma, uniu-se por fim a todas."

Já Pausânias e outros autores contam-nos que se uniu a todas as cinquenta numa só noite, tendo somente uma se recusado. Foi castigada pelo pai, que lhe ordenou servir de sacerdotisa num templo que erigira e, portanto, a permanecer virgem. Segundo alguns autores cômicos, este foi o maior de todos os trabalhos de Héracles...!

8 • O PRIMEIRO CASAMENTO DE HÉRACLES

Héracles livrou os tebanos de um tributo imposto a eles pelos minianos de Orcômeno, nas seguintes circunstâncias:

Durante as festas celebradas em honra a Posseidon (veja Apêndice) em Onquesto, Clímeno, rei de Orcômeno, foi ferido por uma pedra lançada pelo condutor de carro do tebano Menóico. Levado ferido a Orcômeno, antes de morrer pediu a seu filho Ergino que vingasse sua morte. E assim, à frente de um exército, Ergino marchou contra Tebas, vencendo graças a sua cavalaria. Impôs então um tratado pelo qual Tebas teria que pagar, durante vinte anos, um tributo anual de cem bois.

Héracles encontrou os enviados de Ergino, que se dirigiam a Tebas para reclamar o tributo. Atacou-os e cortou-lhes os narizes e orelhas, prendendo-lhes as mãos no pescoço, dizendo-lhes que esta era a paga do tributo. Ao sabê-lo, Ergino reuniu seu exército e marchou novamente contra Tebas. Conta-nos uma versão que Héracles avançou contra eles protegido com uma armadura que lhe havia sido dada por Atená. Segundo a versão de Apolodoro, estava à frente do exército tebano, juntamente com Anfitrião. Como o grosso do exército dos minianos compunha-se da cavalaria, para neutralizar seu poder de combate fechou com grandes pedras o curso do rio Céfiso, inundando as planícies em sua volta e tornando a região intransitável para a cavalaria. As tropas de Ergino foram derrotadas e este encontrou a morte, tendo os minianos de pagar um tributo dobrado aos tebanos. Anfitrião morreu também nesta batalha, mas segundo Pausânias, Ergino não morreu e fez as pazes com Héracles. A conselho da Pítia, Ergino ainda casou-se em idade avançada com uma jovem.

Para comemorar a vitória de Héracles, os tebanos consagraram-lhe santuários e erigiram-lhe estátuas. Uma delas era dedicada a Héracles Rinocloustes – "aquele que corta os narizes" – e a outra a Héracles Hippodetes – “aquele que detém ou amarra os cavalos”. O rei de Tebas deu--lhe então em casamento sua filha mais velha, Megara, e seu irmão Íficles casou-se com a segunda filha de Kreonte.

9 • O "PRESENTE" DE HERA A HÉRACLES: A LOUCURA

De sua união com Megara, Héracles teve três filhos e, segundo alguns autores, teve oito. São eles: Terímaco, Creontíades e Deicóon. Todos foram prematuramente assassinados por seu pai. Incansável em sua perseguição a Héracles, Hera enlouquecia-o.

É clássico o ditado arcaico segundo o qual “os deuses, quando querem livrar-se de alguém, primeiro enlouquecem-no.” Matou também dois filhos de seu irmão Íficles. Eurípedes deu-nos uma versão desse episódio muito alterada em sua peça “Héracles Furioso”. Segundo o mito tebano, Héracles separou-se depois de Megara, dando-a como esposa a Iolau, filho de Íficles e de Automedusa. Este (Iolau) viria a ser seu inseparável companheiro.

10 • SIGNIFICADO MÍTICO-RELIGIOSO DO NÚMERO DOZE

Todos os trabalhos eram dedicados aos doze deuses, com especial ênfase a Hermes, Atená e Eros. Significavam que o homem devia vencer as doze etapas do Zodíaco, superar o ciclo das existências para se tornar imortal. O Zodíaco continha as doze potências e, de acordo com textos antigos, era preciso servir a cada deus doze vezes. Eram doze transcendências para cada um deles. Hermes era quem comandava a “psicopompa” (assim era chamado este caminho). Atená significava o saber (porque o caminho do homem era a sabedoria). Seria preciso retornar doze vezes, e a cada vez servia-se a uma divindade. Finalmente, Eros significava que nada na vida poderá ser conquistado sem a paixão verdadeira.

11 • ALCIDES RECEBE DO ORÁCULO DE DELFOS O NOME HÉRACLES

Após o assassinato de seus filhos, Héracles purificou-se de seu crime involuntário por Téstio (o grão sacerdote da escola dos mistérios de Eleusias) e condenou a si próprio ao exílio. Dirigiu-se então ao Oráculo de Delfos para perguntar a que lugar deveria seguir.

Conta-nos Apolodoro de Atenas que foi ali que recebeu da Pítia o nome de Héracles, pois antes se chamava Alcides. Entretanto, Hera novamente interveio e ordenou ao oráculo tornar-se seu cúmplice, falando a Héracles através dele. Ordenoulhe então que se dirigisse a Euristeu, rei de Micenas e de Tirinto, e que se colocasse a seu serviço. Já vimos que ardil Hera usou com Zeus para fazer com que Euristeu, nascido antes do filho de Alcmene, "dominasse todos a sua volta" e se tornasse assim superior ao próprio Héracles.

Os autores antigos mostravam Euristeu como uma figura débil e covarde. Tinha pavor de ser destronado por Héracles e, para livrar-se dele, impunha-lhe trabalhos que lhe pareciam inexequíveis, na expectativa que o herói sucumbisse em algum deles. Tal era o pavor dele, que não lhe permitia sequer que se dirigisse a Micenas e se apresentasse a ele. Transmitia suas ordens através de um intermediário, um arauto chamado Kópreo. Ao regressar de seus trabalhos, era obrigado a depositar os troféus obtidos ante as portas de Micenas. Quando Héracles quis se estabelecer em Tirinto, tendo terminado seus trabalhos, pediu permissão a Euristeu. Este, no entanto, negou-lhe. Depois da morte de Héracles, Euristeu fez cair seu ódio sobre seus filhos, a quem perseguiu até a Ática. Acabou perecendo nessa expedição, juntamente com seus filhos.

O ciclo dos doze trabalhos tem sido objeto de extensa discussão. Querem alguns autores modernos que eles não foram como tal reunidos, senão durante o IV séc. a.C, refutando a compilação de Pisandro de Rhodes, feita no séc. VI a.C., em sua obra "Heracléa". Não nos deteremos aqui em discussões desse tipo, que ademais nos parecem puro academismo. O que é certo é que a tradição conta-nos que os trabalhos eram conhecidos desde a mais remota antiguidade. Além disso, o número doze nada tem de casual, como já vimos.

É certo também que, a partir do V e principalmente IV séc. a.C., muitos episódios mais recentes foram adicionados aos doze trabalhos da tradição arcaica, com o evidente propósito de enaltecer a genealogia de alguma família ou clã. Tratamos de excluí-los por não terem importância pedagógica e iniciática. Seguiremos aqui a descrição e a cronologia feita por Apolodoro de Atenas, visto esta ordenação ter se tornado clássica.

CAPÍTULO II

OS DOZE TRABALHOS

1 • O LEÃO DE NEMÉA

Euristeu pediu primeiramente a Héracles que trouxesse o velo do leão de Neméa, animal fabuloso nascido da Equidna e de Ortro, segundo alguns, e segundo outros, nascido do gigante Tifoeu. Outra versão ainda dizia que tinha caído da Lua, onde fora colocado para agradar a augusta Hera. Apolodoro conta-nos que este leão era invulnerável: "Quando Héracles ia caçá-lo deteve-se em Cleones, onde um certo Melorco deu-lhe hospedagem. Querendo seu hóspede fazer um sacrifício, disse-lhe que esperasse trinta dias e que então, se voltasse vitorioso, faria o sacrifício a Zeus Soter – Salvador – e se morresse faria a ele um sacrifício como se fosse um herói".

E realmente Héracles conseguirá chegar a Micenas com a pele do leão quando já o último dia expirava, realizando então o sacrifício a Zeus Soter. Na versão de Teócrito, temos o relato feito pelo próprio Héracles, e é este que utilizaremos:

"Parto levando em uma mão o flexível arco e a aljava cheia de flechas; na outra mão levo a potente maça, cuja madeira retirei de uma oliveira que eu mesmo arranquei inteira, com suas fortes raízes, do sopé do Helicôn. Chegando próximo da toca do monstro tomo meu arco, estendo a corda e coloco nele uma flecha mortal, enquanto dirijo meus olhos para todos os lados, tratando de evitar os olhares de meu terrível inimigo. O sol já percorrera metade de sua carreira e eu ainda não vira traço algum do leão; não escutava seus rugidos, não percebia no campo nem pastor nem lavrador a quem pudesse perguntar. É que o temor encerrara a todos em suas cabanas. Passei então a percorrer a selva, impaciente por encontrar o monstro e medir minhas forças com as dele."

"Finalmente, quando já caía a noite, farto de sangue e de carne, retornou a seu antro selvagem. Sua cabeleira, sua terrível cabeça e seu peito estavam cheios de sangue e poeira, e ainda lambia os lábios sanguinolentos. Postado sobre uma rocha e oculto por espessos arbustos, aguardei-o. Quando o vi avançar, disparei um dardo que o atingiu no flanco esquerdo, porém, inutilmente. O agudo ferro não atravessou sua pele impenetrável, caindo a seus pés. Em seguida, o leão, assombrado, ergue sua enorme cabeça até agora inclinada para o chão, passeia aqui e acolá seu olhar e abre a boca mostrando seus horríveis dentes."

"Indignado com o fracasso de meu primeiro ataque, lanço um segundo dardo que o atinge no peito, no lugar da respiração; apenas roça seu espesso couro e, tão inútil quanto o primeiro, cai o dardo a seus pés. Tomado de desespero, disponhome a lançar uma terceira flecha, quando este monstro aterrador, perscrutando todos os lados com seus olhares inflamados, descobre-me por fim. Abana sua cauda então e se prepara para o combate. Seu pescoço incha-se de furor, a raiva eriça seus pelos e todas as suas costas; encurvase como um arco, como uma figueira selvagem que o artista tenta encurvar, abrandando-a no fogo para formar a roda de um carro, como o ramo dobrado com esforço que escapa de suas mãos e salta para longe. Assim o leão, ávido de meu sangue, lançou-se sobre mim."

"Então, com o braço envolto em minha capa e segurando uma flecha neste e no outro, levantando minha maça, desferi-a com força em sua cabeça. A oliveira selvagem, apesar de sua dureza rompeu-se em dois sobre o crânio brônzeo desta besta indomável. O monstro ia atirar-se sobre mim e seus pés já não tocavam a terra; mas vacila e cai, tão terrível foi o golpe que atingiu sua cabeça, e uma nuvem espessa estende-se sobre os seus olhos."

"Vendo-o aturdido pela força da dor, deixo no chão meu arco e minha aljava e, sem dar-lhe tempo de recobrar os sentidos, lanço-me sobre ele e aperto com mão vigorosa seu pescoço por trás, temeroso que me despedace com suas garras. Aperto suas patas contra o solo com meus pés e com meu corpo, o seu flanco. Assim estrangulei-o, e sua nojenta alma (psiquê) foi vaguear no reino de Érebo. Imediatamente tratei de despojá-lo de sua dura pele; empresa penosa, uma vez que nem o ferro nem a pedra podiam cortá-la. Neste instante, uma deusa (Atená) inspirou-me com a idéia de usar suas próprias garras para esfolá-lo. E assim consegui, arranquei-lhe o couro mais duro que o ferro, com ele me cobri e fiz uma armadura impenetrável aos dardos homicidas dos inimigos."

Dizia-se, finalmente, que nesta luta Héracles perdera um dedo, devorado pela fera. Em Esparta erigira-se uma tumba a este membro do herói e sobre ela fora colocado um leão de mármore.

Significado pedagógico e iniciático do Leão de Neméa

Neméa era uma região da Grécia que este monstro enorme e de pele invulnerável devastava. A clava era inútil, os dardos inúteis, enfim, nenhuma arma poderia destruí-lo. Assim, todas as armas de que dispunha eram impotentes. A metáfora era muito clara: a força guerreira será sempre vã, e esse era o grande aprendizado para o jovem. Não seria na violência que ele evoluiria.

Héracles contava com a ajuda de três divindades: Hermes, Atená e Eros. Hermes (veja Apêndice) era o deus que indicava os caminhos ou os meios para se viver neste planeta. Tinha asas na cabeça e asas nos pés – na cabeça para elevar-se e nos pés para descer ao mundano (pois no simples e humilde se encontravam os deuses). Vale lembrar ainda o famoso aforismo da tradição iniciática egípcia, onde se lia na Tábua das Esmeraldas: "Quem não souber descer, jamais servirá para subir". Atená representava a deusa da sabedoria e era a ela que Héracles sempre teria que recorrer para vencer estes trabalhos.

Já Eros, filho de Afrodite (a deusa romana Vênus), era considerado pelos antigos gregos como o deus da arte do amor e da paixão. Era sempre enviado indicando a força da paixão para realizar esses trabalhos. E por que essas três divindades estavam sempre a seu lado? Porque Hermes era o deus que indicava os caminhos. Era chamado na antiguidade de "Psicopompo", ou seja, aquele que conduzia a psiquê, isto é, a vida, para o caminho em direção à imortalidade. Vale notar que psiquê não significava o psicológico moderno, mas sim o princípio da vida. "Pompé" seria o caminho da alma para evoluir. Hermes era chamado de o deus mais amigo dos homens. Com ele se aprendia a voar com os pés para "descer até o mundano e a humildade", e com a cabeça para se elevar até os deuses.

Na Tábua das Esmeraldas lia-se: "Este é o caminho da alma, saber descer para servir aos deuses". Ou seja, quem não aprendesse a ser humilde, quem não soubesse o que esta terra tinha para oferecer, o mais simples e cotidiano, nunca serviria para elevar-se às alturas. A verdadeira espiritualidade estava no quotidiano; não poderia estar apenas nos templos. Atená representava a sabedoria, a intuição e a equidade. No pedestal de uma de suas estátuas podia se ler: "Não serei eu a julgar, mas os fatos é que o farão"; "Não direi jamais quem é culpado; a verdade é que o fará".

Eros era a paixão, a força para a vida. Lia-se num pedestal de Eros: "Quem não vive apaixonado pela vida está doente" e "Quem não ama, adoece", lembrava-nos Hipócrates. "É preciso encontrar nas pequenas coisas a paixão" (também atribuído a Hipócrates). O erotismo arcaico significava estar apaixonado por tudo, em nós e nos outros. Héracles recebeu de Hermes, ou melhor, através dele, um conselho de Atená: "Não haverá de ser pela força que dominarás o leão. Só terás êxito se conseguires sufocá-lo dentro de sua toca". Ou seja, se conseguisse impedi-lo de se manifestar, ele o venceria. A metáfora era clara: seria preciso sufocar o leão que estava no interior de si próprio.

Armou então um estratagema. Ficou perto do covil e, assim que ele saiu, agarrou-o pelo pescoço e o asfixiou, conseguindo vencê-lo. Tinha agora que provar que havia vencido o leão, levando sua pele ao rei Euristeu. Mas como tirá-la, se ele era invulnerável? Nada a cortaria. Hermes deu-lhe então o caminho: deveria arrancar uma unha do leão, pois esta seria a única coisa que conseguiria perfurar sua própria pele. Assim, conseguiu tirá-la e levou-a até Euristeu. Este, amedrontado, impediu-o de entrar quando chegou ao palácio. Temia que Héracles fosse aclamado herói e que a própria covardia fosse comparada com sua coragem.

Este primeiro episódio estava voltado para a pedagogia do governo da violência. Não haveria possibilidade de construir uma civilização se a violência não fosse domada nos jovens desde cedo. É uma ironia que estejamos vivendo isso em pleno século XXI. Com foguetes indo para Marte, não conseguimos conter a violência em nosso quarteirão nem na esquina de nossas casas. É sempre triste constatar que não foi nem será vencida com a tecnologia. Aliás, esta só tem servido para sufocar a vida e aumentar este problema. Quando a energia violenta não é transformada, estamos criando os bárbaros de amanhã.

Os impulsos instintuais do jovem precisavam ser educados. Esta era uma grande questão da Paideia. Atená ordenou-lhe que, após ter mostrado a pele para o rei Euristeu, deveria usá-la, porque não poderia ser "leão", mas "deveria parecer leão". Ou seja, deveria aprender a usar a pele para se defender e aprender a tirá-la para mostrar sua docilidade. Ela era o símbolo da necessária defesa. Pobre daquele, no entanto, em que a pele colasse nele próprio. Esta seria um eterno disfarce para si mesmo e não mais apenas uma defesa necessária. Pobre daquele que não soubesse mais quem era. Perdera a verdade de si mesmo, cometendo a maior das violências: apenas conhecia seu eu ideal e irreal.

Os mestres ensinavam que o terrível inimigo não era o outro, mas aquele que estava em seu interior: era o leão ainda não dominado. As crianças praticavam exercícios para aprenderem a governar a violência. Cada uma era um leão, punha a fantasia (a pele do leão) e aprendia a pô-la e a tirá-la. Faziam jogos também, que hoje chamaríamos de psicodramáticos, muitos deles voltados para a construção de uma pólis imaginária, onde cada criança escolhia um papel para atuar, aprendendo assim que a convivência social e pacífica era possível, porque o leão de cada um estava contido. Era o exercício de governar a violência, para que a pólis pudesse existir. Se não exercitassem como contê-la, nunca aprenderiam a fazê-lo. Exercitavam-se durante anos a fio, todos os dias. A arte de contê-la estava no seu interior, de modo que a criança aprendia a se conhecer como um leão governado e desgovernado. Brincava de leão, mostrava tudo que ela era como leão, e então o mestre tinha os meios para ajudá-la a encontrar como governar e conter este leão.

Assim se construía a base da civilidade e da pólis, preparando o jovem para servi-la e dela usufruir. Se não aprendesse a domar os limites de sua violência, como poderia conviver com os outros? Como poderia existir a pólis com instintos bárbaros grassando por todos os lados? E esta civilidade deveria estar no interior de cada um, caso contrário as leis seriam inúteis para garanti-la. A lei poderia driblar o leão, jamais contê-lo. A questão é extremamente atual.

2 • A HYDRA DE LERNA

Conta-nos Apolodoro de Atenas que, "o segundo trabalho que Euristeu ordenou a Héracles foi matar a Hydra de Lerna". Segundo Hesíodo, este animal fabuloso nascera de Tifoeu e de Equidna, esta por sua vez mãe também do leão de Neméa.

Os autores antigos divergiam quanto ao número de cabeças da Hydra de Lerna, variando de nove até cem. No entanto, a versão mais aceita era a de Apolodoro de Atenas, que descreveu a Hydra como um imenso réptil com nove cabeças, "sendo oito mortais e uma imortal". Além disso, de cada cabeça mortal que fosse cortada nasciam imediatamente duas. Quanto à imortal, de nada adiantaria cortá-la, pois nem assim morreria. Vivia nos pântanos de Lerna, de lá saindo para assolar os campos e atacar os rebanhos. Em sua luta contra a Hydra de Lerna, Héracles foi ajudado por Iolau, o condutor de seu carro.

"Tendo encontrado-a numa pequena elevação próximo à fonte Amímona, Héracles se dirigiu à sua toca e obrigou-a a sair com seus dardos enxameados. Agarrou-a, mas ela se enredou ao redor de um de seus pés, travando-o. Apesar de golpear suas cabeças com a maça, não obtinha nenhum resultado, pois de cada uma cortada, nasciam duas. Além disso, um caranguejo monstruoso ajudava a Hydra, mordendo o pé do herói. Tratou então de matá-lo. Chamou por Iolau, o qual queimava com tições as cabeças à medida que renasciam, impedindo-as assim de crescer. Finalmente, conseguiu destruir todas, e enterrou aquela que era imortal na estrada que ligava Lerna a Eleonte, colocando uma grande pedra sobre ela. Abriu então seu corpo e molhou a ponta de suas flechas em seu fel venenoso." (Apolodoro de Atenas).

Segundo alguns autores, Iolau e Héracles sofreram vários ferimentos da Hydra de Lerna. Estevão de Bizâncio conta-nos que Héracles ficou com o corpo coberto de úlceras produzidas pelas mordidas do monstro, e que foi consultar o oráculo de Delfos para saber como se curar. A Pítia disse-lhe que caminhasse para o Oriente até encontrar uma planta semelhante à Hydra, e que esta planta o curaria. Pôs-se então a caminhar e, chegando a um rio, encontrou a planta que procurava, tendo com ela se curado. Como recordação desse fato, fundou neste lugar uma cidade, à qual deu o nome de "Áke-cura".

Sabemos ainda por Apolodoro que Euristeu não aceitou contar este trabalho como um dos doze porque, para matar a Hydra, Héracles contou com a ajuda de Iolau. Finalmente, em várias representações artísticas deste trabalho, Atená aparece incentivando Héracles a matá-la.

Significado pedagógico e iniciático da Hydra de Lerna

Lerna era uma região no sul da Grécia devastada por esse terrível monstro, cujo nome vem de "hydor", de onde se derivam as palavras hídrico, hidráulico e outras em nossa língua, que se referem à substância líquida. Representava a arcaica origem de nosso inconsciente, ou seja, tudo veio da água.

Era um monstro de nove cabeças que deitavam fogo, sendo uma delas imortal e as outras oito, se fossem cortadas, se reproduziam em duplo número. Na cauda tinha ainda um terrível caranguejo, que mordia com violência.

Como Héracles venceu esse monstro, se cada cabeça cortada fazia com que renascessem duas e, mesmo se cortasse todas, aquela que restasse, a última, era imortal? Essa era uma bela metáfora: quanto mais atacasse, mais se multiplicaria o inimigo; quanto mais lutasse, maior seria o rebote. Tentava cortar em vão as cabeças, pois elas se multiplicavam.

Foi novamente Hermes quem lhe deu os caminhos, trazendo uma mensagem de Atená: "É no fogo da coragem que tudo se vence e se cura; é lá que tudo será purificado". Entendeu então que se usasse uma tocha assim que cortasse uma cabeça, com ela queimaria o ponto de renascimento, impedindo que outras cabeças surgissem no local. E assim fez com todas, menos com uma, que mesmo cortada continuava viva, pois era imortal. Novamente Hermes interveio com uma mensagem de Atená e disse: "Esta, você terá que guardar e vigiá-la eternamente. Dou-te esta pedra, que é o meu símbolo. Enterre-a e vigie-a eternamente."

Héracles, que nada entendera, cavou um buraco e lá colocou a cabeça imortal da Hydra, fechando-a com a pedra que Hermes lhe dera. Assim que levou uma das cabeças para Euristeu, voltou para aquele local onde estava a pedra símbolo de Hermes.

Hermes, em sânscrito, significava "pedra da ressurreição" ou "pedra filosofal". Os alquimistas diziam que através da pedra filosofal se transformaria o chumbo ou o ferro em ouro. Isto era uma metáfora, e não a visão mercantilista de se produzir ouro a partir do ferro ou do chumbo. Na verdade, era uma referência ao ouro como símbolo da excelência da alma, como símbolo da imortalidade. O chumbo representava aquilo que se carcome, que se corrói. Era o símbolo da condição mortal, mas com a decadência da civilização passou-se a utilizar o ouro como valor material. Já que não se podia evoluir espiritualmente, poder-se-ia "comprar" esta evolução (sic).

Assim, Hermes representava a pedra que levaria ao ouro alquímico. E por que filosofal? Porque esta palavra em grego queria dizer "sabedoria dos deuses". Ou seja, com o auxílio da pedra se chegaria ao ouro, sendo ela a guardiã daquilo que se teria de sempre vigiar. Mas o que se teria que vigiar para sempre? Por que essas oito cabeças se reproduziam? Porque elas eram a metáfora do vício. Representavam os oito vícios (ou "pecados capitais") na tradição arcaica, e seria no fogo da coragem que se queimariam os vícios. A tarefa maior era vencer a si mesmo, vencer seus vícios.

Para os antigos, não existiam pessoas virtuosas ou viciosas de nascença. Todos eram iguais na origem, segundo Sócrates. A diferença era que alguns lutavam contra seus vícios e outros não. Isso fazia com que uns se tornassem aristocratas, enquanto os outros permaneceriam na barbárie. Note-se que a palavra aristocrata, na tradição antiga, não tinha o significado que hoje lhe conferimos; indicava alguém que conquistou a excelência às custas do seu próprio esforço, e não por uma decantada origem nobre. Já o bárbaro significava aquele que se abandonou aos seus próprios vícios. E finalizava então Sócrates: "O exercício da virtude será a eterna vigilância do vício. É isto que construirá o aristocrata". Todos estavam sujeitos aos vícios, ninguém estava livre deles, mas alguns os vigiariam, enquanto outros por eles seriam dominados.

Agora sabemos o que significava esta pedra. Entendemos também porque a nona cabeça era imortal – ela era o próprio vício. Uma vez que era imortal, seria necessária a pedra da ressurreição (Hermes), pois poderia renascer a qualquer instante. Seria preciso vigiar pelo resto da vida, ou ele retornaria. Verdadeiramente livre era aquele que eternamente vigiasse, aquele que estivesse consciente de que tinha limites e vícios e constantemente lutasse para vencê-los.

Vejamos agora como se transportava esta questão para a educação do jovem. Existiam também questões práticas sobre o uso do fogo como agente purificador. As culturas antigas já conheciam o seu poder cauterizador, embora, evidentemente, não conheciam os antibióticos, os micróbios e as bactérias. Sabiam, no entanto, que as feridas infeccionavam e que cauterizá-las era a melhor maneira de estancar uma infecção. Assim, as crianças que viviam nos bosques tinham de aprender a técnica da cauterização para utilizá-la quando fosse necessário. Isso também era uma educação da higiene e da prevenção.

Mas como praticavam elas a vigilância do vício? Cada uma tinha um lugar secreto no bosque. Lá cavavam um buraco e guardavam, simbolicamente (as maravilhosas brincadeiras de "faz-de-conta"), seus vícios. Essas pequenas brincadeiras eram seríssimas, como podemos compreender. A verdadeira educação ética só poderia ter início e consolidação na práxis do cotidiano, que era vista como a base de toda a religião. Era nesses fundamentos que ela teria de se enfocar. E de nada adiantaria esse trabalho se o mestre apenas contasse uma história e não realizasse a sua incorporação. Essa era a função do brincar de faz-de-conta, imensamente mais eficiente do que o velho e desgastado hábito de "por a matéria na lousa" ou na tela de um computador.

Na adolescência, o jovem poderia refletir e, com a pedra da ressurreição, ao invés de ressuscitar os vícios faria renascer em si mesmo as virtudes. Isso era a chamada educação do egoísmo, da preguiça, da inveja, da cobiça etc. Era assim que se aprendia a dividir com os outros e não se apoderar do que não lhe pertencesse. Assim se construía a ordem fundamental das coisas, uma vez que não seria possível ensinar a criança a compartilhar antes de educar seu egocentrismo.

Entende-se agora a importância desta pedrinha, que cada uma tinha em local secreto, onde a guardava. Isto era uma maneira de exercitar o respeito à sua privacidade e respeitar a timidez e a vergonha que todos sentiam, claro, por terem coisas negativas. Todos os dias o mestre encorajava as crianças a vigiarem e a olharem o que tinham lá guardado, enfim, o que ainda estava lá e o que poderia ter escapado. Quando as reunia, cada uma contava o que quisesse e, com o tempo, aprendia como reagir quando sentisse raiva, inveja etc. Os pequenos vícios iam escapando, e brincando (com o tão eficiente faz-de-conta), encontravam modos de devolver àquele buraco e guardar novamente aquilo que havia escapado. Se fizéssemos isso todos os dias durante quinze anos, que educação ética não daríamos para nossos jovens. De início, trata-se apenas da inveja que temos porque o colega tem um estojo de vinte e quatro cores, enquanto eu só tenho um de seis. Amanhã será a inveja do automóvel ou de outros objetos, e assim por diante. Até que, quando adulto, essa cobiça será a que poderá levar a um indivíduo ganancioso, desvairado, e assim poderá surgir o assaltante, o traficante, o sequestrador, ou pior ainda, o que assalta em nome da lei, vulgo criminoso de colarinho branco, ou simplesmente o oportunista. Claro que esses exercícios, conforme fossem chegando à adolescência, ganhavam outras características e outro sabor, na medida em que o jovem tinha uma compreensão maior. Mas a educação começava com essas pequenas brincadeiras tão sérias, cujo objetivo era libertá-lo de seus impulsos primitivos, dando-lhe os meios de governar a si mesmo e não ser por eles dominado.

Sendo monstro aquático, tinha caráter primordial. O vício representava as energias abissais e destrutivas que se deviam enfrentar. Tinha nove cabeças por oposição às nove musas (as virtudes da elevação e da inspiração criadora). Os nove vícios e as nove virtudes eram:

VÍCIOS	VIRTUDES
1 - Má Eris	Boa Eris
(apoderar-se e lutar sem leis)	(empreender e lutar com leis)
Eris significava o espírito combativo	
2 - Lethé	Alethéia
(o esquecido; a mentira)	(o que não pode ser esquecido; a verdade)
Era o conceito arcaico de verdade e mentira. Somente o eterno não pode ser esquecido. Já a mentira não resistirá ao tempo.	
3 - Hybris	Dike
(desmedida; desvario)	(justa medida; a ética dos deuses)
Era a oposição entre a força criadora voltada à vida e aquela que buscava tão somente o poder da criação, em detrimento dela.	
4 - Hedoné	Eros
(a busca do prazer como um fim em si mesmo)	(a busca do prazer que constrói e liberta a si e ao outro)
Era a oposição entre a busca do prazer desvinculado e a busca de uma paixão que construísse a si e ao outro.	
5 - Malakia	Dynameis
(a indolência e a indiferença)	(a força e a perseverança)
Era a oposição entre um estado da alma que se abandona aos prazeres imediatos e aquele que se sacrifica pela satisfação de realizar projetos de vida.	
6 - Ameléia	Epemeléia
(a preguiça)	(a persistência)
A oposição entre largar-se aos instintos e a luta em refiná-los.	
7 - Lyssa	Áskesis
(o ciúme, a inveja e a raiva)	(o esforço de superação dos impulsos primitivos; o exercitar-se)
Era a oposição entre os instintos bárbaros e a busca da civilidade.	
8 - Anéstis	Éstis
(a insensibilidade - daí se originou a palavra anestesia)	(o sentimento pelo outro - daí veio a palavra estima)
Era a oposição entre a barbárie que devora o outro e a civilidade que o respeita.	
9 - A cabeça imortal era o próprio vício - jamais morria e deveria ser eternamente vigiado com a pedra (Hermu), que deveria ser colocada sobre esta cabeça.	

"Vigie seus pensamentos, porque eles se tornarão palavras;
Vigie suas palavras, pois elas se transformarão em atos;
Vigie seus atos, porque eles se tornarão seus hábitos;
Vigie seus hábitos, pois eles formarão seu caráter;
Vigie seu caráter, porque ele será o seu destino."
(Idílios, Teócrito, séc. VI a.C.)

3 • O JAVALI DE ERIMANTO

O javali de Erimanto estava relacionado com os centauros de Foloé. Alguns autores consideravam que, na origem, tratava-se de um mito separado e outros teriam juntado este mito com o de Héracles e os bois de Gerião, que examinaremos adiante.

Novamente, seguiremos a versão de Apolodoro de Atenas. Euristeu ordenara a Héracles que capturasse vivo o javali, que habitava o monte Erimanto e assolava toda a região chamada Psófida. Ao atravessar o passo de Foloé, Héracles foi recebido pelo sábio centauro Folo, filho de Sileno e da ninfa Melíada. Serviu este a Héracles carne assada, mas ele preferiu comer carne crua e, tendo sede, o herói pediu vinho para beber. Folo abriu um tonel de vinho que lhe fora dado por Dioniso, com a ordem de abri-lo somente na presença de Héracles. Ganhara-o do deus filho de Sêmele quando fora árbitro de uma contenda entre Dioniso e Héfestos, na qual disputavam a posse da ilha de Naxos. Como Folo dera a vitória a Dioniso, este o contemplara com o tonel de vinho, dando-lhe a recomendação acima descrita.

Segundo Apolodoro de Atenas, este tonel era propriedade comum dos centauros e Folo não permitiu que fosse aberto até que Héracles lhe garantisse que nada teria a temer dos outros centauros. Estes, no entanto, chegaram atraídos pelo odor do vinho e estavam armados de paus e pedras. Ao tentarem invadir a caverna de Folo, Héracles pôs em fuga a Ânguio e Agreu, que foram os dois primeiros a ousar entrar, e perseguiu os demais com flechadas até a Maléa, onde se refugiaram ao lado de Quíron, o outro sábio centauro que era também seu mestre. Como Héracles continuasse a disparar suas flechas, uma delas traspassou o braço de Elato, ferindo Quíron no tornozelo. Aflito pelo ocorrido, Héracles socorreu-o imediatamente, retirando a flecha e colocando um bálsamo que o sábio centauro lhe dera. Mas as flechas estavam envenenadas pelo fel da Hydra de Lerna e, se não podiam matá-lo porque era imortal, a ferida não cicatrizaria jamais. Pediu então Quíron a Zeus para que o deixasse morrer e que desse a Prometeu sua imortalidade, que este havia perdido.

Os restantes centauros fugiram em debandada, sendo que alguns se retiraram para o monte Maléa. Euritião refugiou-se em Foloé, Neso no rio Eveno e Posseidon ocultou os demais nos montes Eleusinos. Ao regressar Héracles à caverna de Folo, encontrou-o morto juntamente com muitos outros. O centauro havia arrancado a flecha de um cadáver e observava assombrado como algo tão pequeno – a ponta da flecha – podia liquidar um corpo tão grande, quando a deixou escapar de suas mãos e cair ferindo seu pé, matando-o imediatamente, pois ele não era imortal como Quíron. Héracles, com o coração enegrecido em perder dois de seus grandes mestres, enterrou-os.

Partiu então em perseguição do javali que se refugiara em uma caverna. Fê-lo sair com seus gritos, perseguiu-o pela neve, que era muita, até cansá-lo. Matou-o então e levou-o para Micenas. Nesta empreitada foi Atená que lhe sugeriu, através de Hermes, que deveria persegui-lo pela neve até a exaustão. As representações artísticas antigas frequentemente mostravam Héracles neste trabalho acompanhado de Hermes e Atená.

Significado pedagógico e iniciático do Javali de Erimanto

O javali era conhecido desde a mais remota antiguidade como um animal sem fronteiras, pois tinha a característica de ter uma conduta traiçoeira e não respeitar limites. Os animais demarcam seu território na natureza através de urina e com seu odor característico; com isso eles sabem quais espaços lhes pertencem ou não. O javali nunca respeitou essas fronteiras; invadindo os territórios a seu bel prazer.

A metáfora era perfeita – um monstro sem fronteiras que não respeitava limites. Erimanto era uma região mítica cujo nome vinha do grego "Eris", de onde se derivou "ira", em nossa língua. Queria dizer discórdia, luta, existindo a boa e a má Eris. A primeira referia-se ao espírito de luta combativo, porém leal e construtivo – era assim que o jovem deveria ser educado. A segunda referia-se ao espírito de luta desleal. Erimanto também derivava de "rimanzis", que significava vandalizar, devastar por onde passasse, enfim, destroçar e arrebentar. Era um javali que trazia a má Eris; um monstro destruidor.

Héracles recebeu a missão do rei Euristeu de caçar esse javali e trazê-lo morto. Seria um trabalho difícil, pois era traiçoeiro e perigoso. Dizia a tradição que passou dois ou três anos caçando-o. Somente quando Atená interveio e lhe deu o conselho de que o perseguisse em locais pantanosos ou nevados, onde ele não pudesse firmar suas patas, é que foi possível vencê-lo.

Assim conseguiu caçar e matar este animal, e o levou para o rei Euristeu. Como era muito odiado, especialmente pelo deus Dioniso, que era o deus do êxtase, da alegria e da sociabilidade, além do vinho, este quis celebrar a caçada. A palavra Dioniso significava no grego antigo "deus-ilha" (de deus – "dios", e "nissa" – ilha). Alguns autores afirmam que "nissa" significava uma terra longínqua, e não uma ilha, mas isso é uma longa discussão. Adotaremos aqui o significado mais iniciático, que se referia a ilha.

Mas que ilha era essa? Era o que nós fomos na origem, ou seja, nosso isolamento original (egoísmo). O grande aprendizado seria sairmos do isolamento e chegarmos até o outro. Mas para chegar até o outro seria preciso aprender a vê-lo não como alguém para se apoderar ou para ser posto na mesa num banquete, mas preservando sua vida. Este era o ato social por excelência. Inaugurava a necessidade do outro, para se viver em sociedade. Era o símbolo da passagem da barbárie para a civilidade.

O deus Dioniso celebrou essa vitória porque o animal sem fronteiras representava a ameaça à sociabilidade e ao outro. Quem não tivesse fronteiras simplesmente avançaria sobre os direitos alheios e sobre a dignidade do outro. Os fins justificariam os meios. Dioniso, sendo exatamente o exemplo do aprendizado da relação humana, quis presentear Héracles com um barril de vinho, que era o símbolo da alegria, para celebrar esta vitória. Dirigiu-se então o herói à casa de seu mestre (eram dois, na verdade, mas o mais importante era o imortal centauro Quíron – o outro era o centauro Folo, que era mortal). E por que eram estes centauros os seus mestres? Porque eles eram importantes símbolos da evolução. Eram em parte equinos e da cintura para cima, humanos, representando a nossa luta para evoluir, sair de um estado selvagem, animal e ir a direção à civilidade. O cavalo era um animal que simbolizava sexualidade e impulsividade primitivas.

Os dois mestres significavam aqueles que evoluíram, mas os demais centauros representavam a dualidade entre evoluir ou não. Eles, na verdade, não representavam essa evolução, eram aqueles que permaneceram em estado selvagem e impulsivo. O vinho continha também essa dualidade. Tomado moderadamente, inebriava e elevava os sentimentos, a sensibilidade e a delicadeza, enquanto que tomado sem controle embriagava, embrutecendo e despertando o desvario e a violência. Temos exemplos devastadores em nossa modernidade, agravados pelo uso das drogas, além do álcool.

Iniciou a cerimônia o centauro Quíron, oferecendo o vinho durante o jantar. Os outros centauros, que estavam por perto, sentiram o aroma do vinho e invadiram o local, tomando vinho até se embriagar. Héracles foi obrigado a reagir e enfrentá-los, sendo travada árdua luta, onde matou muitos a flechadas, enquanto, outros fugiram. Aconteceu então uma tragédia: Héracles usava nas suas flechas um veneno fatal. Quando matou a Hydra de Lerna, tirou o fel da sua bílis. Era uma substância extremamente venenosa, sendo que com ela untou a ponta de suas flechas e, por infelicidade, uma delas atravessou o tornozelo do centauro Quíron. Como era imortal, não poderia morrer, mas a ferida não fecharia nunca. Já o centauro Folo, vendo a ponta de uma flecha no chão, tomou-a nas mãos dizendo: "Como pode uma coisa tão pequena matar um ser tão grande como um centauro?" Mas a flecha escorregou de suas mãos, resvalando em seu corpo. Como resultado, o arranhão matou-o.

Para sua tristeza, esta foi uma vitória de Pirro, ou seja, matou o monstro sem fronteiras, mas perdeu seus mestres. É que não era mais aquele jovem impulsivo, que com uma paulada matara seu antigo mestre, o poeta Lino. Agora, sabia que precisava muito desses mestres, porque seu caminho buscava a sabedoria e não os prazeres imediatos. Teve uma vitória, mas ao mesmo tempo uma derrota muito grande.

E qual seria o significado dessa perda dos mestres? Os mestres terão um dia de partir. Certas questões da vida terão de ser buscadas no interior do ser – não se poderia fazer do mestre uma muleta. Corria-se o risco de permanecer um eterno adolescente, sem nunca assumir o papel de adulto responsável. Um dia, o jovem teria de tornar-se um mestre para as outras pessoas, além de para si próprio. Por mais triste que fosse, o mestre teria de partir para que aprendesse a consultar sua intuição e seu próprio interior. Claro que sempre haveria lugar para novos mestres em sua vida, que abririam outras portas, mas eles nunca poderiam responder pelos enigmas da existência de cada um. Seria preciso criar a coragem de enfrentar essa solidão. Esta foi uma grande lição que Héracles aprendeu, e disse: "É mais caro para mim sobreviver à vitória do que à derrota" (Apolodoro de Atenas).

Com isso aprendia o jovem também uma grande lição: não é só de vitórias que a vida será feita. O homem precisaria das derrotas, pois aquele que não soubesse com elas conviver estaria em maus lençóis, uma vez que o grande aprendizado seria a humildade, e era exatamente isso que a derrota ensinava: a ser humilde. Isso não o tornaria um derrotista, mas lhe ensinaria a tolerância, e também que seria muito triste se só soubesse ganhar na vida. E é verdade, pois pessoas assim, frente à menor derrota, desmoronam ou destroem tudo à sua volta, inclusive a si próprias – são como o javali. A vida sem fronteiras não poderia existir. O homem verdadeiramente social só poderia existir, somente seria possível, se respeitasse o que era dele e o que era do outro. Esse aprendizado significava vencer o javali, que todo jovem tinha dentro de si. Tratava-se então de uma derrota engrandecedora, que ensinava o justo valor das coisas. Era o exercício da fronteira, o exercício da dignidade.

Usavam-se também exercícios muito simples. Como eram educados nos bosques, demarcavam territórios, e cada criança tinha o seu. Eram necessárias regras para se entrar e sair, sendo uma linguagem estritamente concreta – nada de quadros negros. Isso era feito todos os dias ao longo de anos e anos, passando-se progressivamente para o plano psicológico e ético. Tratava-se então de aprender a não invadir o outro. Era o aprendizado do respeito à privacidade.

Na psicagogia (ou Psiquéia), como se chamava a segunda etapa da Paideia, tudo isso era trabalhado. A partir dos doze a treze anos já era possível aprender o que era não invadir a privacidade do outro. Antes, já fora uma grande conquista ensinar a não devastar territórios; agora era preciso aprender a não invadir, ou seja, a não desfrutar do outro nem perscrutar a sua privacidade. Lentamente aprendiam a arte de respeitar a intimidade alheia, usando a curiosidade e a inconveniência como instrumentos de devastação. A inteligência era agora um instrumento de inter-relação. O bárbaro apelava para a força, saqueando e invadindo; já o civilizado teria de dialogar.

Os exercícios agora eram dirigidos para transformar todas as disputas em diálogos, sempre intermediados por um juiz eleito pelos próprios jovens. Assim tinha início o exercício da arte do diálogo (como Sócrates dizia: "Sem diálogo não há consciência" e "O diálogo perfeito é a dois"). No lugar da invasão e da agressão, o debate; no lugar da gritaria e da imposição, a intermediação. Assim é que se domava o monstro chamado javali, que cada um tinha dentro de si.

Era o mais concreto projeto ético-educacional de que se teve notícia. Lembremos que isso era a educação da virtude, uma vez que a Paideia, para os antigos, não se limitava em se aprender a ler, escrever e fazer cálculos. Na verdade, até os 15 anos, não havia a menor preocupação com isso. A arte de domar vícios, de domar o corpo e de conquistar o governo de si próprio e o respeito ao outro eram os objetivos principais. Ao mesmo tempo, a natureza era paulatina e elegantemente apresentada ao jovem, não como uma devastação e violência, naturalmente. O jovem conhecia pouco a pouco os fascínios dos bosques, dos animais e das plantas. Era o microcosmos que abriria as portas para o macrocosmos, mas sem preocupações abstratas.

Era preciso domar primeiramente o corpo e transformá-lo em obra de arte, pouco a pouco. Mais uma vez, Sócrates lembrava: "Virá o dia em que do corpo parirá o espírito (espírito era a psiquê). Isto ocorrerá lá pelos doze ou treze anos; é quando surgirá a pergunta: 'Quem sou eu?' E eu direi: 'Conhece-te a ti mesmo'. Até lá, sua educação se centrará na virtude. Para o saber e o conhecimento, sempre haverá tempo. Na verdade, o resto da vida. É para a virtude que temos pouco tempo, pois o vício e a mentira logo se instalam, sendo impossível extirpá-los mais tarde."

Educando a virtude, preparava-se a base para o mais importante: conhecer a verdade de si próprio. Como poderia um homem lutar pela busca da verdade se não dominasse seus limites e fronteiras, suas paixões, invejas e rancores? Como poderia vislumbrar a verdade de si e do outro? A limpidez da alma era necessária, e domar esses vícios era abrir o caminho para a virtude. Não se tratava de uma questão moral – quem não domasse esses instintos selvagens não poderia tocar a verdade e se iluminar.

Outra questão da maior importância nesse terceiro trabalho referia-se aos dois centauros, seus mestres, Quíron e Folo. Quíron, que havia sido ferido durante a luta entre Héracles e os centauros, permaneceria com sua ferida aberta, pois como dissemos, era imortal. Pediu então a Zeus que lhe tirasse a imortalidade para que não ficasse eternamente sofrendo.

Zeus ordenou então a Hermes que chamasse Héracles e com ele fosse até o monte Cáucaso para libertar Prometeu, que estava acorrentado havia trinta anos ou séculos, e perdera a imortalidade. Guiado por Hermes, Héracles libertou Prometeu, uma vez que Zeus entendeu que ele já havia sido suficientemente castigado pelos erros que havia cometido, e agora estava lúcido e consciente de seu destino, fazendo jus a seu nome: "Pró-mythos", que significava "aquele que busca o mito", ou seja, a verdade sagrada; era, portanto, o prudente (daí vieram as palavras promessa, prometer etc.).

Era aquele que agora representava o pensar antes para depois agir.

Foi assim eleito por Zeus como o pai dos homens, porque passou a significar esta referida prudência. Vale notar que Prometeu roubara o fogo dos deuses (a inteligência, o poder criador) para dá-lo aos homens, mas não quis a medida do seu uso, oferecida por Zeus (a ética, os limites e a dignidade). Por isso, castigou-o acorrentando-o no Cáucaso e abandonou os homens, seus seguidores, que se tornaram mortais desde então e foram obrigados a trabalhar para prover seu sustento. Zeus havia tirado a imortalidade de Prometeu como castigo quando o havia acorrentado, mas devolveu-a tirando a de Quíron e dando-a para ele. Assim, Prometeu reconquistou sua imortalidade perdida.

Passava agora a ser o símbolo da arte da prudência e da busca da sabedoria, mas também representava a condição da vida aqui na Terra, pois quando Zeus estava para libertá-lo, perguntou-lhe: "O que você prefere? Continuar imortal e eternamente preso, ou tornar-se livre, porém mortal?" A Prometeu não restou escolha, preferindo a liberdade, mas seguida pela mortalidade. Quando Zeus devolveu-lhe a imortalidade, não devolveu, no entanto, esta para os homens. Assim seria agora a vida dos homens aqui na Terra: livres, porém mortais.

Entendemos agora o que representou a perda do mestre em seu outro aspecto. Um dia, todos teremos que perder o mestre, e nos sentiremos irremediavelmente sós (acorrentados). Somente o caminho da sabedoria é que poderá libertar-nos e abrir as portas da imortalidade. Assim, os jovens teriam que ser preparados para responder as questões fundamentais da existência: Quem sou eu? De onde venho? Para onde vou? Era o famoso enigma da Esfinge, ou seja, ir ao encontro do destino.

Morria o mestre, nascia o homem. Enquanto não morresse, não poderia se impor o Enigma da Esfinge. O mestre deveria morrer, não porque não teria mais nada para ensinar, mas no sentido de que ele não poderia mais ser a guarida para o medo do incerto futuro. Note-se ainda que a perda do mestre era ensaiada em jogos pedagógicos de "faz-de-conta": como faria sem o mestre? O que poderia imaginar realizar? O que era e o que não era capaz de fazer sozinho? Eram perguntas fáceis, concretas e todos podiam brincar, ensaiando respostas e tomando consciência de tantas coisas! Podiam, além disso, entender o papel do aluno e do mestre. E as brincadeiras, tão sérias, iam desde imitá-lo até efetivamente ensaiar o que o mestre lhes ensinava. Era um exercício precioso que os jovens repetiam sistematicamente. Assim podiam aproximar-se, entendê-lo e amá-lo. Quantas portas não se abriam assim...

O brincar de mestre era uma das etapas fundamentais para se aprender a sair de seu papel de eterno aluno. Por sua vez, o mestre imitava os jovens, com muita sabedoria, mostrando o que sabia de cada um e revelando-lhes, podendo os jovens enxergar-se em preciosos espelhos para uma posterior elaboração e evolução de seu autoconhecimento. Tudo isso era feito com respeito e criando uma relação de estima. O mestre imitava o aluno e o aluno imitava o mestre para que se compreendessem mutuamente.

Quanta sabedoria não estava contida neste terceiro trabalho. Vale notar, finalmente, que esses exercícios se estendiam para a arte da troca de papéis. Cada jovem aprendia a colocar-se no lugar do outro, imitando-o com delicadeza, sem desvalorizá-lo, e vice-versa. Eram outros espelhos, que assim exercitavam a arte da verdadeira relação social e o conhecimento do outro, sem invadi-lo e sem perscrutá-lo. Nascia o precioso respeito ao outro, à sua intimidade e à sua privacidade. Estavam lançadas as bases para nascerem, viverem e morrerem com dignidade e honra.

"A vitória e o saber podem enobrecer, mas é mais fácil entorpecerem pelo desvario do poder. Após a vitória é muito difícil sermos nós mesmos – o poder turva a lucidez e a vitória também" (Idílios, Teócrito).

Subjugar o javali custou a vida do sábio, pois o javali simbolizava a cegueira do poder e era uma ameaça contínua. Portanto, era a fronteira da lucidez ameaçada pelo instinto de tudo subjugar, pelo simples prazer de subjugar. E era esta a mais árdua das vitórias: ter a luz, ter o sagrado e não se locupletar. Assim, quanto maior o poder e o conhecimento, menor seria o direito de seu uso sem o exercício da ética.

4 • A CORÇA CERINITA

Esta corça não era um monstro terrível como o leão de Neméa, a Hydra de Lerna e o Javali de Erimanto. Ao contrário, era um animal sagrado dedicado à deusa do sagrado da natureza, Ártemis, por Taígeto, filha de Atlas. Este animal maravilhoso tinha chifres de ouro e pés de bronze, sendo infatigável na corrida e não podendo, portanto, ser alcançado por ninguém. Desse modo, tratava-se de uma competição de velocidade entre a corça e Héracles. Sua guarida encontrava-se no monte Cerineu ou no templo Oinoé, consagrado a Ártemis. Píndaro relata-nos que "a perseguição durou um ano, aproximadamente, levando Héracles até o país dos Hiperbóreos, sendo que voltou sobre seus passos pelo mesmo caminho."

"No momento em que a corça ia cruzar o rio Ládon para refugiar-se no santuário de Ártemis, Héracles impediu-a de atravessá-lo com flechadas, e então apoderou-se dela pelos chifres" (Apolodoro de Atenas).

Ainda segundo o mesmo autor, "Héracles colocou a corça nos ombros e levou-a da Arcádia. Encontrou então no caminho ninguém menos que a própria Ártemis, acompanhada de seu irmão Apolo, que lhe ordenaram soltá-la e censuraramno por tê-la exposto ao perigo, sendo este animal consagrado a uma deusa. Héracles desculpou-se e disse aos deuses que a censura e o castigo deveriam recair sobre Euristeu. Ártemis, compreendendo sua missão, serenou sua cólera e permitiu que levasse a corça viva a Micenas".

Significado pedagógico e iniciático da corça do Monte Cerineu

Era o domínio dos vícios que abria as portas do sagrado – esta era a lei de Ártemis, divindade do sagrado por excelência. Na antiguidade, o atributo sagrado era arquétipo feminino, e Ártemis era sua representante maior (a sabedoria intuitiva era Atená). Ártemis era irmã gêmea de Apolo, sendo ambos filhos de Leto ("aquela que libertava"). Nasceram em Delos, significando a iluminação, lugar que resplandece, que aclara, que torna límpido.

Apolo e Ártemis eram os maiores deuses após Zeus e Hera, simbolizando o que ilumina. O culto a ambos na antiguidade não se separava. Eram irmãos gêmeos, pois a luz e o sagrado juntos libertavam. Apolo era o sagrado do céu e Ártemis o da natureza, sendo a corça seu animal consagrado. Para os antigos, não se podia falar de uma potência sem se falar de seu par, sendo a dualidade fundamental. Todas as potências masculinas se completavam nas femininas e vice-versa.

Uma vez enfrentados os vícios, preparava-se o jovem para conhecer o sagrado. Por isso, Héracles devia dominar um animal pertencente a Ártemis sem matá-lo nem feri-lo – o animal tinha que ser capturado vivo. As características da corça eram os pés de bronze e os chifres de ouro. Os chifres simbolizavam o nascimento da força pela sabedoria, diferentemente da conotação atual, onde foram associados ao diabo. No séc. XII de nossa era, todos tinham nos santuários de casa o deus Pã, ao lado da estatueta da Virgem Maria e de Cristo. Pã era o "grande todo", que foi entregue à natureza, sendo filho de Hermes; era o deus-criança que acompanhava o jovem na busca do conhecimento, que se iniciava na natureza. Era divindade agro-pastoril e da fecundidade. Com a Inquisição, foi identificado com o diabo e a partir daí suas características, chifres, rabo e pernas de bode, foram associadas ao mal.

Os chifres de ouro tinham ainda um especial significado na antiguidade, muito diverso do moderno. Eram a transformação da força bruta e irracional (os chifres dos animais usados para lutas) no ouro dos deuses (os chifres são de ouro). Veja-se a estátua de Moisés de Michelangelo, com seus chifres: é exatamente isto que o artista quis representar. Vale lembrar que o ouro significava a Dike (a justa medida) e que o bronze significava aquele que fazia as leis com as próprias mãos. Ártemis e Apolo usam aljavas cheias de flechas, e as setas de ambos simbolizavam a retidão da Dike, que atingia certeira os incautos. Uma era a via da natureza e a outra, a via do céu – por isso suas funções eram complementares.

A corça era um animal infatigável na corrida e devia ser caçada pelos chifres, através de um estratagema (sabedoria), pois os chifres de ouro eram a luz da cabeça. A tolice de Euristeu foi pedi-la viva, uma vez que assim se tornou instrumento de redenção para Hércules. Permitiu a conquista do sagrado ao exigir-lhe o exercício da prudência e da paciência. Os pés de bronze eram a força, que poderia ser alcançada se agarrada pelos chifres. Este era o sentido: perseguir a cabeça e não os pés. A força do sagrado estaria em superar os pés de bronze.

Aprofundemo-nos agora na simbologia da corça de Ártemis. Era um animal sagrado que devia ser capturado vivo, ou seja, era parte do caminho do homem a arte de capturar animais sacros vivos. E porque eram sagrados? Para os povos antigos, os animais eram divinizados, havendo imenso respeito pela natureza. Além disso, eram sacros porque tinham a mesma origem divina do homem e seu lugar na ordem cósmica. Suas características revelariam ainda mensagens dos deuses.

Na modernidade, os sismólogos aprenderam que é possível prever erupções vulcânicas observando o comportamento de certos pássaros, para citar apenas um exemplo das capacidades dos animais. Os etnólogos ficaram surpresos ao estudar tribos de pigmeus na África e suas relações simbióticas com águias e crocodilos. Eles praticam a caça deixando parte dela para estes animais. É como se fosse uma partilha. O surpreendente é que os crocodilos e as águias fazem exatamente o mesmo com os pigmeus. E consideramos estes animais como se representassem a selvageria e a brutalidade. Na verdade, pode existir um código de coexistência entre eles e os homens.

Essas harmonias e entendimentos na natureza mais do que justificavam a concepção de sacralidade nos animais para os antigos. Era a corça consagrada a Ártemis porque cada divindade tinha seus animais que a representavam. A coruja era dedicada a Atená, a águia a Zeus e assim por diante. Eles emanavam a energia dos deuses que os protegiam, da mesma maneira que os astros irradiavam esta energia divina; eram parte da chamada "sinfonia cósmica".

Assim, eles não podiam ser caçados ou capturados de qualquer maneira, valendo esta regra para as árvores e plantas em geral também. A inobservância dessas leis despertaria a ira dos deuses, neste caso, de Ártemis, que não era simplesmente a deusa da caça, mas aquela que protegia o sagrado da natureza. Dos animais às plantas, tudo era sacro, e ela era a sua protetora, sendo os bosques que a ela eram consagrados considerados intocáveis. Era a deusa da caça somente no sentido de que regrava a época da caça, presidindo uma festividade arcaica que originou a Páscoa. Na verdade, esta se originou no antigo Egito, sendo consagrada à deusa Ísis, da qual Ártemis era uma de suas manifestações helênicas. Originalmente havia a proibição de toda e qualquer caça durante estas festividades, que tinham lugar nos primórdios da primavera. Era o período da fecundidade e da ressurreição.

A terra, morta e ressequida pelo inverno, renascia em todo o seu esplendor. Os animais traziam as crias e as plantas rebrotavam trazendo seus frutos e flores. Era também uma data consagrada a Deméter, deusa da ressurreição e do renascimento. Eram chamadas de "festas da metempsicose", quando as almas voltariam a viver em outro e renovado corpo aqui na Terra. Por isso, a caça e a matança estavam proibidas em todos os aspectos, não se podendo arrancar sequer um galho de uma árvore, pois a natureza estava renascendo. Havia também a proibição de comer ovos. Não soa irônico que comemos ovos justamente na Páscoa?

Esse costume nasceu na tradição judaica, por ocasião do Êxodo: Quando Moisés partiu com seu povo do Egito para a Terra Prometida, valeu-se dos ovos, que abundavam nessa época devido à proibição de seu consumo, alimentando a todos com eles, além do pão ázimo. Adveio então o costume de se comer ovos na Páscoa (lembremos que quando saíram do Egito, ali se estava celebrando-a) em agradecimento a Deus pelo alimento que os salvou. Desnecessário dizer que a tradição de se comer ovos na Páscoa, também foi adotada pela tradição cristã.

Na verdade, faz mais sentido a tradição egípcia, que procurava preservar a fecundidade dos ovos por ocasião da primavera. Os iniciados nas escolas dos mistérios, tanto egípcios como gregos, não comiam, jamais, ovos. Eles representavam o princípio cósmico; eram o fundamento da Criação que lá estaria contido, e para eles trazia a vida, sendo que procuravam viver sem sacrificá-la.

A corça era, nesse sentido, um animal sagrado, porque com ela se devia aprender a arte de capturá-la viva, e não morta. Era o aprendizado da captura sem causar danos, da captura de sua sabedoria e não de sua carne. Seus pés de bronze simbolizavam a inutilidade da busca material; já os chifres de ouro eram o símbolo da sabedoria, quer dizer, ela estava na cabeça e isto era o que devia ser capturado.

Era cara a Ártemis pela sua delicadeza e capacidade de correr e saltar grandes distâncias sem resvalar num galho sequer. Era um animal que vivia em perfeita harmonia com a natureza, sabendo tirar dela estritamente o necessário para sobreviver. Esta era sua sabedoria a ser capturada pelo jovem: imitá-la era aprender a não devastar a natureza. Aqui está uma grande lição para a modernidade que, em sua truculência e ganância, explora e devasta a natureza sem eira nem beira.

Conta-nos a tradição chinesa que certa vez Confúcio estava sentado debaixo de uma árvore e resolveu intervir numa disputa de seus alunos, sobre quem era o melhor deles. Disse-lhes:

"Vocês que se acham tão superiores a tudo, correm de um lado para o outro, sem nunca encontrarem; querem sempre mais e mais, sem nunca estarem satisfeitos consigo e com o que tem. Quando chegam, partem, e quando partem, querem logo chegar. Nunca sabem onde estão ou deveriam estar. Mas nós, debaixo desta árvore, podemos ver que ela não sai do lugar um dedo sequer. Ela tem tanta certeza de si e do que lhe basta, que não precisa mais ir a lugar algum; ela já chegou e por isso deitou raízes.

Tratem de aprender com ela e parem com suas tolas disputas!"

Eis a sabedoria imensa da árvore para nós aprendermos também. Além disso, as árvores eram sagradas para os antigos porque tinham a capacidade de viver apenas com a água e os nutrientes da terra, devolvendo frutos e flores. Ensinavam a superação da barbárie e da selvageria de saquear a natureza sem nada lhe devolver, "...pois dá mais do que recebe" (Píndaro – Fragmentos, séc. VI a. C.).

Cabia ao mestre ensinar o que era capturar a corça viva. Héracles sabia que jamais poderia alcançá-la – não poderia capturá-la na corrida. Atená enviou-lhe então o seu conselho: "Somente pelos chifres ela poderá ser capturada". Significava que deveria buscar sua sabedoria, e que o destino do homem não poderia estar nos pés (o material), mas na cabeça. Conquistando seus chifres de ouro, poderia imitá-la. Os pés não o levariam para muito longe.

Mas como poderia a criança conquistar esta sabedoria? Para isto os mestres realizavam exercícios pedagógicos próprios para cada idade, que descreveremos sucintamente:

Todo jovem (e não somente ele) devasta por onde passa se não estiver de posse da "sabedoria da corça". Tomavam consciência desta arte com exercícios de caminhadas e corridas pelos bosques imitando a corça, quer dizer, aprendendo a não resvalar nem destruir nada pelo caminho. Simples, concreto e eficiente. E com isso, se educava o corpo com essa arte de se esquivar e se esgueirar.

Percorrer o bosque sem deixar marcas, sem devastar ou destruir, eis a arte da corça aplicada à formação ética na Paideia. É por onde o aprendizado de toda e qualquer prática religiosa deveria começar na modernidade, e não por tolas e inúteis "aulas de catecismo" (ou cacetismo...?).

Havia ainda outros exercícios pedagógicos que eram praticados no sentido de cada jovem descobrir "onde estavam seus chifres de ouro?" Eram charadas que os mestres propunham como desafio e exercícios práticos do imaginário. O corpo deveria tornar-se parte integrada à cabeça e vice-versa, mas não da forma como nós praticamos a dicotomia intransponível: cabeça (razão) e corpo (instinto e impulsos irracionais). Os exercícios visavam "colocar a cabeça no corpo e colocar o corpo na cabeça", como forma de entendimento mútuo, onde aprendiam a governar seus impulsos, aperfeiçoando-os e não os castrando, e aprendiam a entender as necessidades de seus impulsos e instintos, encontrando formas de expressá-los sem provocar a destruição e devastação de si e do outro. Tratava-se, enfim, de dar vazão a seus impulsos com sabedoria e elegância.

Píndaro recomendava aos mestres: "Tome o mais violento chute e transforme-o no elegante salto da corça; o jovem ficará feliz, pois terá os meios de expressar seus impulsos sem ferir ninguém, e será ainda admirado, e não admoestado. Tome seus urros e transforme-os em cantos de rouxinol, ensine-o a falar e a cantar; será ouvido pelos outros e poderá conquistá-los sem feri-los. Será amado, não odiado, e ficará feliz. Somente assim poderá prestar inestimáveis serviços à pólis e cumprir seu destino e anseios com honra e dignidade."

Os jogos de "achar os chifres de ouro" eram mais uma forma para exercitar o jovem nesta educação do instinto. O desafio proposto era cada jovem encontrar onde achava que seus chifres de ouro estavam escondidos, e mostrar para os demais como poderia colocá-los em prática. Claro que ele não sabia o que eram estes chifres de início, mas sua curiosidade era preciosa para que tentasse ensaiar alternativas, sempre estimuladas pelo mestre. Caberia ao jovem trazer algo novo para ele, mesmo que parecesse impossível alcançar naquele momento. Mas não foi este o desafio proposto a Héracles? A sabedoria só poderia nascer de uma curiosidade natural, porém voltada a conquistas que não devastassem e destruíssem, ao contrário, que construíssem e inovassem, sem prejuízo da natureza e dos outros. Estavam assim lançadas as bases da educação verdadeiramente criadora e plantava-se o espírito investigativo. Este, com o passar dos anos, era cuidadosamente orientado e consolidado pelo mestre na direção dos talentos e tendências, que pouco a pouco afloravam em cada jovem. Estes eram os chifres de ouro de cada um e o nascimento do sagrado no interior do ser.

5 • OS ESTÁBULOS DE AUGÍAS

"O quinto trabalho que Euristeu impôs a Héracles foi limpar os estábulos de Augías" (Apolodoro de Atenas).

Augías era rei da Élide. Homero fala-nos de Augías também na Ilíada, onde Nestor conta que "...tendo Neleu enviado quatro corcéis, vencedores em carreiras anteriores, ungidos a um carro para disputar o prêmio, que consistia de uma trípode, Augías reteve-os e enviou de volta somente o auriga, que partiu aflito com a perda dos cavalos". Augías possuía inúmeros rebanhos, presente de seu pai Hélios. Segundo Plínio, foi o primeiro a adubar as terras para torná-las mais produtivas, mas sendo a Élide um país naturalmente fértil, o excesso de esterco acabou por esterilizálo. Seus estábulos não eram limpos há anos, pois não sabia onde pôr o esterco.

Tendo Héracles a ele se apresentado sem mencionar as ordens de Euristeu, propôs-lhe limpar o esterco de seus estábulos num único dia se o rei concordasse em dar-lhe a décima parte de seus rebanhos. Augías, que não acreditava que conseguisse tal feito, concordou, e Héracles tomou Fileu, filho do rei, como testemunha. Derrubou então um muro dos estábulos desviou os rios Alfeu e Peneu, que corriam próximos, e fê-los passar através dos estábulos, limpando-os assim. Quando Héracles reclamou sua paga, o rei negou, alegando que ele havia trabalhado sob as ordens de Euristeu. Negou até que tivesse feito a promessa de dar-lhe a décima parte de seus rebanhos e ainda ofereceu-se para levar o caso aos tribunais. Héracles invocou inutilmente o testemunho de Fileu, que não hesitou em confirmar as suas palavras, mas Augías ordenou a ambos que abandonassem imediatamente o seu país.

O herói não tardou em retornar à frente de um exército, mas tendo caído enfermo, suas forças foram derrotadas. Organizou então uma segunda expedição, e desta vez Augías e seus filhos encontraram a morte, sendo Fileu declarado rei de Élide no lugar de seu pai. "Euristeu não quis incluir este trabalho entre os doze sob o pretexto de que Héracles trabalhara mediante um salário" (Apolodoro de Atenas).

Nas raras representações artísticas que chegaram aos nossos dias deste trabalho, Atená aparece ao lado de Héracles.

Significado pedagógico e iniciático dos Estábulos de Augías

Representavam o limpar da alma, sendo que o tema central eram os ritos lustrais. Héracles tinha de limpar os estábulos que estavam cheios de esterco. Em Homero, encontramos também uma citação sobre Augías, que representava a cobiça e a impiedade.

O excesso de esterco estava relacionado com os ciclos da terra e a justa medida para a sua utilização. O primeiro desafio era limpar, num só dia, o esterco acumulado há anos indevidamente. Representava um trabalho civilizador, e sem os ritos lustrais, sem a organização do espaço e da terra, não poderia haver civilização. Era um mito contado para ilustrar o nascimento da cidade e significava a delimitação do lugar da sujeira e do lugar da limpeza.

A corrente impetuosa do rio varreu o esterco acumulado há anos, ou seja, o homem devia encontrar os meios de limpar o esterco acumulado dentro de si, há muito tempo. Era o que um dia teria de pôr para fora, o que em grego se chamava "katarsis". A palavra "catarse", que significa "limpeza da sujeira", daí se derivou. Mas este conhecimento de si exigia o enfrentar e limpar o próprio esterco, pondo para fora a "sujeira". E, se estava acumulado há anos, devia ser limpo num só dia. Era necessário que se eliminasse mais depressa do que se acumulasse, e que fosse rápido e decisivo o processo.

A provocação de Augías levou Héracles à consecução desses ritos lustrais, simbolizando as experiências mundanas e espirituais que purificam. Seria eliminando o esterco que ocorreria a purificação do espírito; eram os "pés de Hermes" que limpavam. Os pés eram a experiência mundana, o concreto, onde o indivíduo era posto à prova. Não seria se escondendo no templo e orando, mas descendo ao mundano que colocaria à prova sua capacidade de purificação. Para aquele que não tivesse a coragem de limpar o esterco de seu interior, a elevação espiritual seria tarefa impossível. Não bastava manter o corpo limpo, a psiquê também teria de ser regularmente limpa, e mais, esta higiene da alma deveria ser praticada com determinação. Era necessária uma entrega total, nada de limpezas parciais ou morosas, caso contrário, mais esterco se acumularia na alma do que seria retirado.

"Augías" é uma adaptação latina do grego "av" e "gias", que queria dizer: "av" – ir a direção ao sagrado – e "gias", um derivativo de "Higéia" (saúde e higiene). Do período arcaico até alguns séculos antes de nossa era não havia separação entre os conceitos de higiene e saúde – uma coisa era consequência da outra. Somente na Idade Média é que ocorreu a separação, refletindo a decadência com estes cuidados que, só muito recentemente no século XX, foram gradativamente recuperados. Vale notar que em todas as pólis helênicas, as termas e os locais para banhos estavam presentes, com água corrente e encanada, sendo frequentados por todos diariamente. Na verdade, quanto mais elevado fosse o grau de civilização da pólis, mais sofisticados eram os sistemas de abastecimento e purificação da água. Além disso, os antigos gregos e egípcios distinguiam os povos bárbaros dos civilizados pela educação, bem como pelo uso da água, tanto pelos habitantes como pela arquitetura das cidades. Não é preciso pesquisar muito para se descobrir, por exemplo, quão recente é o hábito diário de se tomar banho entre os povos ocidentais. A peste negra, que assolou a Europa no final da Idade Média, teve como causa principal a falta de higiene. Não existiam banheiros nem mesmo nos castelos dos nobres, sendo hábito jogar na rua os dejetos através das janelas das casas. Daí originou-se a expressão tão conhecida hoje – mas com outro sentido –, "foi por água abaixo". Era um alerta aos pedestres para que se afastassem das janelas, pois vinha "água"... (sic) Além disso, até hoje sofremos de doenças físicas e mentais que poderiam ser perfeitamente evitadas se houvesse nas escolas um sério programa de educação para a higiene e a saúde, que não poderia ser ensinado com o quadro negro nem em telas de computadores, mas com a prática de exercícios diários voltados à saúde física e mental, exatamente como eram praticados na antiguidade. Finalmente, não é mais possível desprezar as consequências ambientais provocadas em grande parte por uma formação do jovem que enfatiza o "vencer ou vencer", que acaba por estimular a exploração desvairada dos recursos naturais e das pessoas em geral.

Numa civilização onde a saúde era associada à higiene, os rituais que a consagravam ocupavam um papel fundamental na educação do jovem e até mesmo na arquitetura da pólis. Não existiam cidades gregas sem termas e locais para banhos, como também sem teatros imensos (cuja presença era obrigatória), odeons (locais para concursos de canto e discussão filosófica) e estádios (locais para concursos ginásticos). Acrescente-se ainda que o hábito de se vestirem de branco era também costume obrigatório, tendo a função de denunciar uma eventual sujeira nas vestes, para alertar o cidadão de que eram necessárias as devidas providências. Devia urgentemente banhar-se e trocar suas roupas. Se não conheciam os antibióticos e os antissépticos, sabiam muito bem que a água abundante era o melhor preventivo para uma vida saudável, sendo o seu uso ensinado nas primeiras etapas da Paideia. É triste constatar que este hábito somente se restringe hoje aos profissionais da saúde. Realmente, estamos atrasados! E com tanta tecnologia...

Augías era a história de um rei que não respeitava esses princípios, e seu nome era uma ironia, ou seja, aquele que foi batizado com um nome que deveria consagrar a higiene e a saúde, justamente as desrespeitou. Além disso, a água simbolizava a purificação, daí originando-se a tradição do batismo, que foi inaugurada no antigo Egito. Era uma cerimônia onde se purificava o novo ser das vidas anteriores – esta era a crença geral nas religiões gregas e egípcias –, e este recebia um novo nome, como uma promessa e esperança dos deuses de que cumpriria uma missão (indicada pelo nome que recebera), honrando e realizando o que este nome sugeria. Deve-se observar ainda que esta sugestão de nome era conferida segundo sua carta astral, donde se originou a tradição da Astrologia, inaugurada no antigo Egito e disseminada nas escolas dos mistérios do mundo helênico, e mais tarde em todo o mundo ocidental.

Assim, este trabalho de Hércules significava o castigo que devia ser aplicado a alguém que não só desobedeceu a seus desígnios, mas corrompeu os princípios fundamentais da civilidade e, em nome de sua ganância, quis retirar mais e mais proveito da terra, para prejuízo dos demais e buscando somente o benefício próprio.

Os jogos pedagógicos voltados ao aprendizado do uso da água transcorriam nas seguintes etapas:

Primeiro ensinavam o prazer da água. Como eram educados nos bosques, numa clareira sempre próxima a algum riacho, os momentos de lazer jamais prescindiam de mergulhos e atividades aquáticas.

Em segundo lugar, ensinavam o uso da água para limpar arranhões e feridas, que sempre aconteciam no cotidiano dos jovens.

Em terceiro lugar, ensinavam a arte de beberem muita água "para se limparem por dentro" (Píndaro, Fragmentos, séc. VI a.C). A alimentação com frutas, verduras e raízes era a base de sua dieta. Lembremos que passavam o dia com o mestre, sendo uma de suas tarefas alimentá-los.

Em quarto lugar, aprendiam os ritos lustrais, glorificando a água como uma dádiva dos deuses para a vida, sendo utilizada também nos rituais de purificação por uma falta cometida. Além disso, dava-se especial ênfase ao aprendizado do asseio e do uso de lugares adequados para as necessidades básicas, acompanhados de cuidados para não deixá-los poluídos.

Em quinto lugar, além da questão da higiene e da saúde, era ensinado o valor sacro da terra. Introduzia então o mestre o culto a Deméter, deusa da fertilidade e da terra cultivada. Aprendiam a cultivá-la, levando em conta seus dois aspectos fundamentais: a água e a fertilidade do solo. E neste momento, o mito de Augías ganhava sentido, uma vez que ensinava como não exigir da terra o que ela não poderia dar. Adubá-la em excesso (o esterco acumulado) não produziria mais frutos, ao contrário, acabaria por esterilizá-la, como ocorrera com Augías. Tratava-se de aprender a conter a ganância, e mais: a água parada poderia tudo apodrecer. Era necessária a justa medida no uso do esterco e da água. Conheciam assim os ritmos sagrados da terra e da água, iniciando-se no culto à deusa Deméter.

Finalmente, quando estavam prestes a entrar na puberdade, eram introduzidos aos chamados "ritos lustrais da psiquê", que nada mais eram senão o aprendizado da arte de exercitar a catarse interior. Eram reunidos pelo mestre e estimulados a expressarem o que sentiam na mente e no coração. Para se prepararem, deviam passar as tardes sob a sombra de uma árvore próxima de um rio. Lemos nos "Diálogos" de Platão as seguintes recomendações aos jovens, atribuídas a Sócrates:

"Passem a tarde debaixo de um plátano (árvore sombreira comum na Grécia) e próximo a um riacho. Ouçam o farfalhar de suas folhas e o doce ruído das águas. Enrolem suas túnicas para cima e para baixo com as pontas de seus dedos. Permaneçam no máximo em dois, jamais em três, pois o diálogo perfeito é a dois; o terceiro sempre interfere e destrói o entendimento. E lembrem-se que sem diálogo não há consciência. E não me venham ao encontro do mestre com a cabeça vazia!"

Estamos diante do que poderíamos chamar de "psicoterapia arcaica". Só que, diferentemente dos tempos modernos, era praticada no cotidiano da educação. Sem dúvida era mais eficiente e econômica a sua aplicação, além de ter caráter preventivo, e não corretivo.

6 • OS PÁSSAROS DO LAGO ESTÍNFALO

"Havia próximo da cidade da Arcádia, num pântano chamado Estínfalo, coberto de árvores, umas aves enormes que ali encontraram refúgio, temerosas que os lobos as tomassem por presas." (Apolodoro de Atenas).

A tradição conta-nos também que estas aves eram antropófagas. Tinham penas de bronze que lançavam como se fossem flechas. Para fazê-las sair do pântano, Héracles usou chocalhos ensurdecedores que Héfestos fizera e Atená lhe dera. De uma montanha vizinha, fez tanto barulho que as asquerosas aves foram obrigadas a alçar voo, o que permitiu que Héracles as derrubasse a flechadas. Segundo outros autores, as aves não foram mortas, mas refugiaram-se na ilha de Arretia, de onde foram expulsas pelos Argonautas.

Seu fiel companheiro Iolau aparece junto de Héracles em várias representações artísticas deste trabalho. Em Olímpia, um frontispício mostrava Héracles levando para Atená uma ave morta.

Significado pedagógico e iniciático dos Pássaros do Lago Estínfalo

Buscava-se neste mito o reconhecimento e o aprendizado do uso da intuição. Estes pássaros eram antropófagos, e com seus bicos, penas e pés de bronze, representavam o instinto guerreiro da raça de bronze (este metal era o seu símbolo), sendo consagrados a Ares, deus da guerra e da destruição. Hesíodo ("Os Trabalhos e os Dias", séc. VIII a.C.), descrevia a era em que esta raça existiu como a época onde a lança e a espada eram a lei, onde não prevalecia a Dike (a justa medida dos deuses). Estes pássaros, portanto, eram o símbolo de entregar-se a Ares, o brônzeo; o consumir-se nos labores da guerra (o ódio consome).

Os chocalhos ensurdecedores que Héracles utilizou, aconselhado por Atená, representavam o alarme da intuição quando estava num caminho errado, que poderia levar à destruição. Não eram a consciência moral, mas sim o aviso de que era preciso cumprir o destino, o aviso de se estar fora de rota. Os chocalhos mostravam ainda que o destino não ia a direção ao brônzeo, mas em direção à transcendência, ao áureo (o ouro dos deuses, símbolo da justa medida e da ética). Quem desprezasse seu aviso, seria devorado por estes pássaros, na forma de uma vida sem sentido, ou se perderia nos ares, em aventuras desatinadas e destinadas ao fracasso. O grande desafio seria estar de acordo com o destino, que nada mais era do que seguir sua própria intuição.

Este mito entra em choque com as idéias modernas de liberdade e autodeterminação, porque a concepção dos helênicos era valer-se da liberdade para cumprir o destino, e não fazerem dela o que quisessem. Poderiam até optar por esse caminho, mas entendiam que assim estariam traindo a si próprios e aos deuses, desperdiçando sua estada aqui na Terra. Além disso, que homem livre seria esse que não soubesse de onde veio, o que estava fazendo aqui nem para onde iria? Será realmente livre o homem, como quer a modernidade, que acha que pode ser e fazer o que quiser de sua vida? Não seria esta justamente a maior das prisões? Atormentado por uma vida sem sentido e voltado a suas mesquinharias consumistas, seria por estes seus "pássaros" devorado em sua busca de "mais e quero ainda mais". Sem um minuto a perder e sem tempo para nada, aprisionado por esta sua insana cobiça e desvario, ainda acha que é livre...(sic) Seus pássaros podem realmente voar muito alto, porém, sem sabedoria alguma, transformarão os sonhos em lodaçais que consomem a alegria de viver. É por isto que viviam em pântanos – representavam o lugar em que caía o homem quando, ironicamente, tentava voar alto demais em suas cobiças materiais. Para agravar as coisas, o homem moderno não sabe mais se valer de sua intuição, se é que ainda sabe que ela existe. Somente conhece sua pretensa lógica, e morre em hospitais de luxo, buscando sucesso e status (sic).

A Paideia conferia enorme importância ao aprendizado e uso da intuição. Além disso, "Logos" (de onde se derivou a palavra lógica), não tinha o significado racional que tem hoje para nós. Queria dizer "a voz de Apolo", ou seja, o uso da palavra iluminada pela intuição, sendo esta a única forma de se chegar à verdade. Sócrates alertava os jovens: "Fale somente quando a luz de Apolo se fizer presente, do contrário, cale-se."

Foi na escola pitagórica que a arte de praticar o silêncio ganhou especial ênfase, daí advindo o conhecido (e pouco praticado hoje) aforismo: "A palavra é de prata, mas o silêncio é de ouro." Não esqueçamos o valor alquímico dos metais, sendo a prata o símbolo do desvario e o ouro da justa medida. A arte de permanecer em silêncio era exercitada através de longos períodos de isolamento nos bosques. Era o aprendizado "acusmático" (daí vem a palavra "acústica", em nossa língua), que se referia à arte de ouvir sua voz interior (a intuição, os chocalhos) e preparar-se para estar atento ao que a sua voz interior e os outros teriam a dizer. Era, enfim, a arte – tão rara em nossos dias – de aprender a ouvir.

A palavra "intuição" tem particular importância etimológica em grego, e por esta razão nos deteremos em explicitá-la. É composta de dois radicais: "Di" – dois – e "esthisis" – sentimento, daí a palavra "estima", em nossa língua. Literalmente significava sentir a dois, quer dizer, captar e compreender com a intervenção ou juntamente com Deus. O grande objetivo da Paideia neste trabalho era desenvolver a arte de manter a lucidez e, para tanto, seria necessário que cada jovem aprendesse como matar os pássaros que a ameaçavam. Era o vencer da antropofagia e da barbárie – as penas e o bico de bronze eram seu símbolo maior. Eram velozes e voavam muito alto, porque assim é a falta de lucidez: depressa se instala e leva a alturas inimagináveis, que nada mais são do que as conclusões apressadas e até mesmo a paranóia. Aliás, confundir paranóia com intuição tem sido outra marca da modernidade, resultado de seu despreparo em exercitar a lucidez e da ênfase na educação do "mais depressa é melhor". A lucidez só pode nascer em "condições ideais de pressão e temperatura", ou seja, quando se pode parar para uma reflexão serena e sem correr contra o tempo.

A mensagem que Atená enviou através de Hermes era clara: os chocalhos deviam ser usados com força e sempre. Isto porque a serenidade na busca da intuição não deveria ser confundida com morosidade; haveria um ritmo certo para cada um, que se manifestava quando se sentisse em paz e sem ansiedade. Além disso, a deusa alertava que seria preciso tocá-los sempre, pois os pássaros voltam e não é possível matar a todos.

Havia vários exercícios e jogos voltados a esse aprendizado. Descreveremos os mais significativos:

O primeiro exercício estava voltado para a criança e o jovem aprenderem a ouvir a voz dos sonhos. A atividade onírica e seu simbolismo tinham especial importância para os povos antigos, sendo parte do quotidiano a sua compreensão e interpretação. Era crença geral que os deuses se comunicavam com os mortais através dos sonhos, de maneira que seria fundamental aprenderem a contá-los para o mestre, introduzindo-os este por sua vez à arte da interpretação. Lá encontravam também os pássaros que os amedrontavam e meios para vencê-los.

O segundo exercício buscava despertar "a voz das Musas" no interior de cada um, tendo início com o limiar da puberdade. Tratava-se de cada um consultar seu imaginário em busca daquilo que mais o entusiasmasse. Não é demais recordar que a palavra entusiasmo derivou do grego "entheos-asmos", que significava: "entheos" – o deus que adentra – e "asmos" – e traz a luz. Os jovens aprendiam a direcionar seu futuro através das atividades que mais os entusiasmassem, e entendiase que cada Musa protegia uma atividade das artes, fosse a música, a pintura, a carpintaria e assim por diante.

O terceiro exercício era um jogo do imaginário, onde as crianças balançavam as cabeças para ouvirem seus chocalhos, com o mestre instigando--as a dizerem o que ouviram. Eram abertas então as discussões para cada uma opinar e reavaliar se lá haviam pássaros para serem mortos ou vozes das Musas para se buscar. Não era difícil distinguir entre um chocalho ensurdecedor (tocava o alarme de que algo estava errado) e a voz doce e encantadora de uma Musa. Ao atingirem a puberdade, este exercício voltava--se para a máxima socrática "Conhece-te a ti mesmo, depois aos outros, e então o mundo. Somente assim poderás tornar-te um homem capaz de olhar para o alto, para os deuses". Era o que chamavam de "Anthropos", do sânscrito "Anth" – o alto, o céu –, e "tropos" – modo de se poder ver. Agora se preparavam para cumprir seu destino, para não serem por ele devorados (os pássaros, com seus bicos e penas mortais).

A quarta atividade era considerada uma grande honra. Era quando os jovens obtinham permissão (por volta dos catorze anos) para frequentar os Simpósios, que aconteciam à noite na casa do mestre. Lá ele conduzia as discussões com os membros de sua irmandade, sempre voltadas para buscar o sentido da existência e os meios de cada um realizar o seu destino. O grande desafio agora era aprender a perguntar, mas não qualquer coisa. A etimologia da palavra "perguntar" é reveladora: em grego, "pergunta" é "erotisis", que significava na antiguidade "buscar com Eros", revelando o que deveria ser perguntado e o estado de espírito que acompanharia esta interrogação: ser guiado por tudo que o apaixonasse e excitasse sua curiosidade e busca. Assim, os mestres preparavam os jovens para perseguirem com coragem e determinação o que realmente desejariam se tornar, a partir da investigação e descoberta de quem realmente eram e de seus reais talentos e aspirações. Finalmente, com o aperfeiçoamento desta etapa, aprendiam a arte de fazer perguntas secretas. Estas eram dirigidas a si mesmos e não requeriam respostas de ninguém, estando voltadas ao mistério de existir e à construção de sua visão do mundo a partir de seu imaginário.

Com estes jogos e exercícios, abriam-se para o jovem possibilidades de se relacionar com o divino em seu quotidiano, sem a necessidade de enfadonhos e às vezes insuportáveis sermões, tão execrados na modernidade. Estas eram as verdadeiras consultas oraculares, que buscavam um "adivinho" no interior de cada um: sua luz interior.

Hoje, nada disso se valoriza. Só recebemos uma educação utilitarista e racional, sendo raros os que sobrevivem a ela, mas não sem sofrimento. São os mais sensíveis e criadores que muitas vezes sucumbem pela pressão social, quando então são tratados como loucos, inúteis ou exóticos (no mau sentido). Não raro enlouquecem de verdade, talvez como uma forma de se defenderem do mundo que os cerca, este sim verdadeiramente louco e insano. A psicoterapia é hoje um heroico esforço em recuperar a função dos chocalhos, mas ela também está cercada de pássaros que a denigrem e tentam destruí-la com a descrença. Mas sabe, como lembrava Confúcio, que "por detrás da aparência do humano residem muitas espécies", sendo a pior e mais frequente aquela criada na mentira e na falsificação do ser, em nome da conveniência e dos interesses. Contra isto, ela pouco pode fazer; não existe "psicoterapia ética", somente a formação ética é possível, e isto é tarefa para um verdadeiro projeto educacional, que tem de se iniciar na infância e estender-se até a idade adulta. É isto o que as escolas deveriam estar fazendo, e não entulhando os jovens com conhecimentos vãos e tolos. Lia-se na "Tábua das Esmeraldas", atribuída ao deus Hermes: "O conhecimento e as riquezas só fazem sentido se forem destinados ao uso; seu acúmulo é tolo e inútil, e não passam de um fardo nas costas de quem os carrega." E mais adiante alertava: "Cuidado! Certas alturas podem ser perigosas; é preciso saber a que alturas poderás alçar voo. Lugares indevidos poderão custar-lhe caro, além de seres devorado em lauto banquete, para deleite dos bárbaros. Cuida para não seres agarrado em pleno ar por falsas crenças e idéias. Vigia sempre teus pássaros; estes são mais perigosos que os alheios."

Diríamos que os pássaros hoje nada mais são que trabalho em excesso, ganância, pressa para se ter mais e antes dos outros e tantos, e tantos outros pássaros, a devorar o que resta de nossa lucidez.

7 • O TOURO DE CRETA

Creta era assolada por um touro furioso enviado por Posseidon. O rei de Creta, Minos, prometera sacrificar ao deus do mar o primeiro animal que de lá saísse. Posseidon fez então emergir das águas um touro tão belo que Minos não teve coragem de sacrificá-lo e imolou outro em seu lugar. Indignado com a desfeita, Posseidon enfureceu o touro, e Héracles recebeu de Euristeu a incumbência de trazêlo vivo.

Ao chegar a Creta, o rei Minos permitiu-lhe que se apoderasse do touro, desde que conseguisse domá-lo. E o herói conseguiu capturá-lo, agarrando-o pelos chifres e, com a ajuda de uma rede, levou-o a Euristeu em seus ombros. Este colocou o touro em liberdade, e depois de ele percorrer a Lacônia e toda a Arcádia, atravessou o istmo e dirigiu-se a Maratona, na Ática, onde fez enormes estragos. Veremos em outra obra que Teseu será aquele que dará fim ao monstro que nasceu da união deste touro com a esposa de Minos, Pasifae. Não era outro senão o Minotauro, que tinha cabeça de touro e corpo humano, e era antropófago.

As representações artísticas deste trabalho mostravam frequentemente Héracles em ação, tendo a presença de Hermes e Atená.

Significado pedagógico e iniciático do Touro de Creta

O touro tinha enorme importância simbólica e pedagógica na civilização minóica ou cretense. Era um animal que representava a brutalidade e a sexualidade primitivas. Já o touro representado com chifres de ouro significava a sabedoria e a força divina, como vimos na corça do monte Cerineu. Os deuses propunham aos homens a transformação de seus chifres (sua ignorância e brutalidade) em ouro, quer dizer, em sabedoria (a força na cabeça é "não dar cabeçadas na vida").

O desafio e exigência de Posseidon a Minos era sacrificar o que tinha de mais caro, e ele não teve a coragem de fazê-lo porque cobiçou o touro, que também representava o apego às coisas materiais. É importante observar que o deus Posseidon representava o culto do imprescindível para se viver aqui na Terra, sendo grave desrespeito a ele o acúmulo de bens acima do essencial. Vale recordar aqui o ditado que reza: "Por detrás de uma grande fortuna reside um grande crime".

Héracles devia trazê-lo vivo, ou seja, o instintual tinha de ser domado e governado, não castrado ou destruído. Agarrou-o pelos chifres porque o caminho do jovem passava necessariamente por este desafio, dividindo-se em dois: ou se entregaria à sua instintualidade cega e primitiva ou a domaria e ascenderia á condição de "anthropos". O instinto não era algo de que se livrar, mas também não deveria subjugar o jovem – teria de ser elaborado. Deixá-lo a vontade seria como deixar os chifres livres, como força sem luz, ao passo que domado tornava-se a unificação da luz com a força.

Assim, unia o instinto e a inteligência, uma vez que a força da luz nascia da educação do instinto. Agarrá-lo pelos chifres significava, portanto, impor o caminho da luz, a única possibilidade do homem. A punição a Minos foi mais longe: nasceu em Creta um monstro destruidor e antropófago, o Minotauro, que será tema de um outro livro, como já dissemos.

Os exercícios e jogos desta etapa estavam voltados para a transformação da força bruta do jovem em luz. A brutalidade era substituída pelas ginásticas, pela dança e pelas artes marciais. Havia ainda jogos onde cada jovem era desafiado a encontrar meios para substituir sua fúria por alternativas "iluminadas". Era ele que as propunha, sendo que o mestre auxiliava propondo também outras possibilidades.

Tinham especial importância as chamadas "Gymnopedies", que significavam "desnudar os jovens" e estavam voltadas à arte de revelar o seu interior. A palavra "ginásio", em nossa língua, daí derivou-se, significando na antiguidade uma das funções básicas da educação: tornar o jovem capaz de não ter nada a esconder, ou seja, ser absolutamente transparente e verdadeiro e sem medo de se expor. Mas não se tratava de revelar seu lado impulsivo e violento, ou mesmo crer que era o que era e os outros deveriam assim suportá-lo. Era a construção da coragem de revelar o que tinha de melhor e mais autêntico após o longo aprendizado das Gymnopedies.

Estes exercícios eram praticados na infância, como a arte de se esquivar de um animal enraivecido, com brincadeiras algo semelhantes a uma tourada, mas sem a violência de ferir o animal. Eram utilizados bodes na infância e touros na puberdade, sendo que o importante era o exercício de se esquivar e pegá-lo pelos chifres, soltando-o depois sem levar um golpe. Lembremos que também cabia ao mestre preparar o defensor da pólis.

Por ocasião da puberdade, a esses exercícios eram acrescentadas as artes dos concursos verbais, cuja finalidade era ensinar ao jovem como "dominar o touro" (a raiva, a violência, o desejo de resolver as disputas com a força bruta) pelas alternativas da luz (o diálogo e o entendimento). Assim era, aos poucos, transformada a força instintual e bruta do jovem em luz.

8 • AS ÉGUAS DE DIÔMEDES

Diomedes era filho de Ares e Cirene. Era rei de um povo trácio – os Bistônios – e possuía éguas antropófagas que alimentava com os navegantes estrangeiros cujas naus afundavam nas costas de seu reino durante as tempestades. Os nomes das éguas eram: Podargo, Lampão, Janto e Demo. Mantinha-as acorrentadas e tinham ferraduras de bronze.

Tendo Héracles recebido a ordem de Euristeu de trazer-lhe as éguas de

Diômedes, embarcou para a Trácia com alguns companheiros. Apoderou-se das éguas, apesar da resistência de seus guardiães, e confiou-as a Abderos, filho de Hermes, e do qual estava enamorado. Partiu então em perseguição dos Bistônios, e durante a sua ausência as éguas despedaçaram o infeliz Abderos. Para eternizar a memória de seu amado, após enterrá-lo Héracles fundou a cidade de Abdera. Venceu então os Bistônios, matando seu rei Diômedes, segundo a versão de Apolodoro de Atenas. Segundo outra versão, o ímpio filho de Ares, Diômedes, sofreu o mesmo suplício que impunha a tantos estrangeiros, sendo pelas éguas despedaçado e devorado. Entregou então Héracles as éguas a Euristeu, que as colocou em liberdade. Estas se dirigiram ao monte Olimpo e ali foram devoradas pelos lobos ferozes que lá habitavam.

Outra versão conta-nos que as éguas não eram senão filhas do rei, e sendo muito feias, seu pai obrigava os estrangeiros que atravessavam seu reino a deitaremse com elas, matando-os em seguida. Clavier observa com muita oportunidade que a palavra grega "hippos", que significa cavalo ou égua, era empregada pelos gregos antigos para indicar pejorativamente a mulher e o homem incapazes de governar seus instintos sexuais.

Significado pedagógico e iniciático das éguas de Diômedes

Tinha o mestre, neste trabalho, a incumbência de iniciar o jovem e a criança para a arte de amar. Note-se que na antiguidade a criança não era vista como alguém ingênuo e desinteressado nestes assuntos, muito ao contrário. E como tinham razão. Somente uma falsa e hipócrita moral, como a praticada hoje, poderia aceitar essa mentira. O que importava para a Paideia era como transformar o cego instinto sexual da juventude em algo elevado, que permitisse a plena realização da capacidade de amar a si e aos outros sem devoramento. Seria superar o impulso de usar o outro e depois tratá-lo como algo descartável, como os jovens – e não só eles – fazem hoje.

Esta atitude era chamada na antiguidade de "hedonismo", que queria dizer buscar o prazer como um fim em si mesmo, não importando as consequências. Era o oposto do que chamavam de "erotismo", que significava a busca de uma relação autêntica, governada pelo princípio de não usar o outro para seu próprio benefício. Como vemos, o significado desta palavra mudou muito na modernidade, sendo o grande responsável por isso a igreja, com seus falsos moralismos castradores. A reação a ela ocorreu no final do séc. XX, com um retorno à busca do prazer como um fim em si mesmo, seja através de uma sexualidade "livre", das drogas ou da violência desvairada. A busca do erotismo autêntico na antiguidade não visava nem o hedonismo irresponsável e muito menos a repressão da igreja moderna; buscava a arte de amar que glorificava a vida, a liberdade e a dignidade. Viver eternamente apaixonado por tudo e pela vida, este era o grande desafio e aprendizado deste trabalho.

O hedonismo era condenado em ambos os sexos, pois caracterizava o impulso sexual egoísta e desgovernado, daí sua representação por um animal impulsivo (o cavalo) e antropofágico. O que se ensinava era a arte de amar em nome de Eros, que culminava com um solene juramento a ele logo que se adentrasse a puberdade. Esta cerimônia consistia em enredar-se o jovem com uma guirlanda de flores em torno de uma estátua de Eros e jurar que nada faria ou diria que não fosse em nome de Eros (por verdadeira paixão), ou seja, jamais se deixaria levar por conveniências ou pela tentação de usar o outro para seu próprio prazer. Era este ritual o símbolo de que aprendera a não "devorar" o coração alheio e que não deixaria que o fizessem com o seu.

Seguiam assim o ensinamento de Atená de que "não deve entregar seu coração a quem o devora nem praticar esta barbárie". Além disso, deveria aprender que quem muito entregava, muitas vezes fazia disso um estratagema para exigir tudo em troca, e mais, a ingenuidade poderia ser fatal. Seria preciso aprender a quem entregar o coração e não ser simplesmente levado pelo impulso da atração física, como ocorreu com Abdero, que foi despedaçado (as éguas representavam o instinto sexual cego). A entrega total poderia ser um engodo para a conquista, mas na verdade era devoradora e egoísta. A arte de amar passava pelo governo dos instintos cegos e hedonistas – quem não quisesse aprendê-la, traria muito sofrimento para si e para os outros.

Os exercícios e jogos para o aprendizado de vencer os impulsos sexuais cegos e elaborá-los começavam com as crianças e prosseguiam na puberdade. No início o teatro exercia papel fundamental. Representavam as crianças como achavam que eram seus cavalos interiores (fantasiavam-se para tanto) e como fariam para deixarem de ser cavalos e se tornarem "anthropos", isto é, serem aqueles que governam seu impulsos e não são por eles governados. Complementavam estas representações com dramatizações de Abderos. Estava em jogo a arte de aprender a não devorar e não ser devorado, sendo que o mestre dirigia estes ensaios para o que sentiam em seu coração quando gostavam de alguém ou não gostavam e como reagiam quando eram simpatizados ou rejeitados pelo outro. Era o teatro de "comer o coração do outro ou de ter o seu comido".

Finalmente, quando entravam na puberdade eram incluídas as discussões sobre o amor, o desejo, o sofrimento, a rejeição e a busca de alternativas. Podiam agora, como já mencionamos, frequentar os Simpósios e perguntar sobre estes temas, que eram assuntos sempre abordados.

9 • O CINTO DE HIPÓLITA, RAINHA DAS AMAZONAS

Euristeu ordenou a Héracles que trouxesse para sua filha Admeta o cinto de Hipólita. Era um cinto maravilhoso, que ela cobiçava e fora presente de Ares para a rainha das Amazonas. Elas eram objeto de um número grande de mitos, sendo que num deles apareciam como filhas de Ares e Harmonia.

Segundo Apolodoro de Atenas moravam nas costas de Termodonte, na região do Ponto, próximo de Temiscira. Constituíam um estado no qual o poder pertencia exclusivamente às mulheres, e para perpetuar sua raça mantinham relações uma vez por ano com seus vizinhos, os Gárgaros. Dos filhos que nasciam, somente conservavam as mulheres, sendo os varões enviados a seus pais.

Cobriam o seio direito das jovens para que não as incomodasse ao lançarem os dardos, e lhes deixavam o esquerdo livre para amamentarem os filhos. A arte grega mostrava as Amazonas como mulheres jovens, belas e valentes. Usavam o traje dos guerreiros e vestiam-se de modo a proteger seu corpo. Sua principal arma era o arco, que sabiam manejar com extraordinária habilidade. Combatiam na maioria das vezes a cavalo, mas às vezes também a pé.

O cinto que Euristeu encarregara Héracles de trazer era também o símbolo do comando. A palavra grega "zoster" significava cinto e comando ao mesmo tempo. Nessa expedição, Héracles trouxe consigo numerosos companheiros, entre os quais podemos citar Teseu, Peleu e Telamon. Ao chegarem no país das Amazonas, tudo indicava que obteria o cinto sem derramamento de sangue. A rainha das Amazonas, Hipólita, acolheu Héracles e mostrou-se disposta a ceder o cinto. Mas Hera, sua inimiga implacável, não se resignou com o suceder das coisas. Metamorfoseando-se em Amazona, amotinou as súditas de Hipólita, dizendo-lhes que Héracles se preparava para raptar sua rainha.

Estas tomaram suas armas e, montadas em seus cavalos, invadiram a praia onde estava ancorada a nau de Héracles. Após terrível combate, segundo a versão de Diodoro da Sicília, a rainha foi aprisionada. Conquistou sua liberdade com o famoso cinto, pois Héracles sabia que não poderia simplesmente arrancá-lo, uma vez que só poderia ser dado por quem o possuísse.

Significado pedagógico e iniciático do Cinto de Hipólita

O significado etimológico de Hipólita e Amazonas são reveladores. O primeiro vem de "Hippos" – cavalo – e "Litós" – liberto. Hipo/lita significava literalmente "aquela que se libertou do instinto sexual cego" (que o cavalo representava). Já o segundo referia-se a "A" – sem – e "Mazon ou Maston" – seio –, e queria reportar-se ao fato de enfaixarem o seio direito, suprimindo-o para poderem melhor manejar o arco e a lança.

Este mito tratava do aprendizado da arte de amar, conhecida no mundo romano como "Ars Amatoria", para a qual o grande poeta Ovídio dedicou uma obra com o mesmo título e que, felizmente, chegou até os nossos dias. O cinto (zoster, em grego) significava que quem tivesse o cinto teria o comando, fosse de um exército ou do coração de alguém. Era parte do cerimonial, ao se reconhecer o amor da pessoa amada, entregar-lhe o cinto. Esta, por sua vez, deveria retribuir, fazendo o mesmo –algo parecido com a moderna metáfora de "dar a mão" para quem se ama.

Hércules deveria, assim, conquistar o coração de Hipólita, sendo ela o símbolo máximo de alguém que amava com nobreza, pois "ela está liberta dos instintos do hippos" (Apolodoro de Atenas). O cinto de Hipólita significava o desafio da arte de seduzir uma pessoa íntegra e, portanto, o segredo de desatá-lo não estava no uso da força nem na atração sexual. Aí estava o grande aprendizado para o jovem: a verdadeira conquista da pessoa amada deveria ir além da mera atração sexual.

Foi Atená quem lhe enviou a mensagem da deusa do amor, Afrodite (Vênus): "O cinto terá de ser concedido. Aquele que tentar dele se apoderar, perderá a pessoa amada". E mais: "Somente a revelação de quem és realmente poderá abrir-lhe o coração. Não corre o risco de ser amado por aquilo que não és, pois mais cedo do que pensas este amor se transformará em decepção ou ódio, desvanecendo-se assim para sempre. Os deuses vingam-se de quem abre o cinto com a falsa sedução".

Era uma das primeiras lições para a arte de amar. A pessoa amada não deveria entregar o cinto apenas por sentir atração, mas somente para aquele que oferecesse a verdadeira sedução e vencesse o desafio da arte de amar com posturas autênticas. Aqui se encontrava o fundamento do verdadeiro erotismo arcaico ou da arte encantatória, ensinada logo cedo aos jovens. Requeria respeito ao outro e a coragem de mostrar quem realmente era, e não vender ilusões e aparências. Mais uma vez, a força bruta e instintual era inútil. Através dela, ou do ciúme, seria possível encarcerar o outro, mas nunca o seu coração e sentimentos. Ao contrário, esta seria a maneira de perdê-lo. A expressão idiomática de nossos dias "ser devorado pelos ciúmes" é reveladora do significado desse mito. Baudelaire, em seu poema "As Flores do Mal", observa numa passagem: "Quem ama verdadeiramente, liberta! Mas devora quem se apodera e assim será também consumido; o amor encarcerado foge ou prefere morrer."

Ensinar desde cedo o verdadeiro erotismo abria para os antigos gregos as portas para a construção do ser social, que amava o mundo e o outro. Era a educação do instinto com a devida cautela para a educação pela razão, que privilegiamos tanto na modernidade. Achavam mesmo que a educação somente pela razão abria as portas para a frieza e formava o calculista interesseiro, que tão bem conhecemos. Entendiam ainda que o sentido da existência somente nasceria para quem aprendesse a amar e conceder – sem isso adviria o desvario e o apego doentio para as coisas materiais, sendo o outro um mero objeto também a ser adquirido. Não se tratava nem do "use e jogue fora" de hoje, nem de "amar para todo o sempre" e menos ainda do "meio termo", mas sim, de se amar intensa e verdadeiramente e lutar para que durasse, enquanto durasse.

M. Mafessoli, em sua obra "A Sombra de Dioniso", observa que "...nos antigos gregos o erotismo impulsionava o verdadeiro ato social". Criou ainda para esta atitude um neologismo chamando-a de "societal", por oposição ao social de hoje, que é tão carregado de hipocrisia e falsidade. Na

Paideia entendia-se que sem a educação do erotismo facilmente se instalaria a violência no jovem, em todas as suas formas. A psicanálise entendeu muito bem esse mecanismo ao observar que a repressão pura e simples da energia erótica poderia resultar em seu retorno à consciência em sua forma oposta, ou seja, destrutiva. Mas o que se observa hoje é algo muito pior: a total e plena expressão dos instintos dos jovens, uma vez que esses instintos não passaram por nenhuma educação. O resultado pode ser apreciado nos bares, discotecas e nas ruas, independentemente da classe social a que pertençam: violência, bebedeira e drogas, num espetáculo de selvageria e sexualidade desvairada.

Pensamos que o mundo ocidental libertou-se do jugo moralista e repressor da tradição judaico-cristã, que se emancipou e conquistou a liberdade sexual e os direitos individuais. Trata-se de ledo engano. O que se conquistou foi apenas uma liberdade dos genitais, ficando o resto reprimido. Os jovens confundem uma relação com "ficar", denunciando uma superficialidade e total incapacidade de estabelecer laços afetivos duradouros. Até o ser humano tornou-se descartável e objeto de realização imediata de impulsos sexuais totalmente cegos e instintivos. Por outras palavras, transformaram-se em objetos de consumo.

Nossa tradição colocou o erotismo como fonte de uma culpa inafiançável, e a modernidade não superou em nada este sentimento. Apenas retornou-se a um estágio de barbárie, transformando suas culpas em violência e desvario. Estamos muito longe do tempo em que se ensinava o erotismo como forma elevada de educação dos instintos cegos. Nem imaginamos que existiam sacerdotisas e sacerdotes para a iniciação sexual dos jovens, cujo culto era dedicado ao que chamavam de "Pórneo Sagrado", tendo um significado totalmente diferente do moderno "Pornô". Na antiguidade condenava-se radicalmente a prática sexual em troca de favores, mas valorizava-se o uso da mesma como instrumento de libertação e busca de um encontro verdadeiro. Mas não se aceitava que fosse exercida de modo desvairado, sendo que uma das piores formas que se poderia empregar para designar uma pessoa desgovernada em seus impulsos sexuais era chamá-la de "Hippos"; não poderia haver xingamento mais desonroso para um homem ou uma mulher, independente de sua idade, estando aí inclusos os jovens.

Hoje, um homem que pratica o sexo de modo desvairado ganha o honroso apelido de "garanhão" (sic), enquanto que a infeliz mulher que ousar demonstrar sua sensualidade ganha o nada honroso apelido de "vaca". Não estamos nem um pouco libertos da falsa visão bíblica de que a mulher é fonte de um erotismo condenável. Afinal, foi ela que deu ao homem a maçã e instigou-o a mordê-la. Sendo uma derivação insignificante de homem (afinal, veio "apenas" de uma costela), ainda por cima irmanou-se com a serpente (fonte do mal), levando os "pobres homens" para o mau caminho. Fez com que perdessem a inocência, os coitadinhos...! (sic!)

Esta visão irônica do Gênesis não pretende denegri-lo, mas tão somente mostrar como a igreja manipulou as crenças religiosas em prol de seus interesses nada santificados. Para agravar as coisas, tirou do feminino sua função religiosa e sacra, que residia, na antiguidade, justamente em seu caráter erótico e sedutor. Não é demais recordar aos "esquecidos" de que na história do mundo ocidental, desde o final da antiguidade grega, com o advento da tradição judaico-cristã-islâmica, a mulher teve suas funções eclesiásticas suprimidas, sendo-lhe vedada a eleição em qualquer cargo na hierarquia religiosa. Não deixa de ser espantoso que essas religiões se engalfinhem em disputas até hoje, sendo tão semelhantes em seu (falso) moralismo repressor. A Caça às Bruxas, a Santa Inquisição, a Guerra Santa e outros absurdos em nome de Deus estão longe de terminar.

Hipólita não representa uma apologia arcaica para o feminismo moderno nem deve assim ser entendida. Trata-se de uma tentativa de recuperar os valores e a dignidade da condição humana para a modernidade em geral e para o feminino em particular. Vale notar ainda que a serpente, assim como o feminino, na antiguidade, não representavam uma fonte do mal. Significavam mistério e sensualidade como fonte de conhecimento para a arte de se viver e amar. A perda da inocência era vista como um bem se fosse conduzida com sabedoria e voltada para a vida, não para a morte e a destruição. E mais: somente com sua perda seria possível o nascimento da consciência do bem e do mal e o governo dos instintos cegos e violentos, que tanto nos afligem hoje. Pobres dos pais que tentam preservar a inocência de seus filhos, dando-lhe tudo que desejam e satisfazendo todas as suas vontades e caprichos – não fazem idéia dos monstros que estão construindo.

Passemos agora, para finalizar este nono trabalho, aos principais exercícios praticados na Paideia para o seu aprendizado:

Durante o período infantil, dos seis aos dez anos aproximadamente, eram praticados os jogos para a conquista da amizade. Eram divididos em três etapas: Primeiramente havia o exercício da revelação do "sin-pathos" (daí vem a palavra "simpatia", em nossa língua, porém com significado alterado). Queria dizer: "sin" – o que atrai – e "pathos" – a paixão. Estavam voltados para desenvolver a coragem de descobrir de quem gostavam. A seguir vinha o exercício da descoberta do "anti" – contrário – "pathos". Significava aquele que não atraia e provocava antipatia. Agora a ênfase seria em se descobrir o porquê desse sentimento e buscar os meios para vencêlo. Finalmente, eram praticados aqueles voltados para a descoberta do "a" – indiferença – "pathos". O que se buscava era a descoberta dos colegas desconhecidos, pelos quais a criança manifestava indiferença ou apatia, como dizemos em nossa língua.

Por volta dos nove anos, as crianças eram introduzidas às festividades de "Eros solta braços". Consistia da participação na cerimônia do amassar das uvas para a preparação do vinho. As crianças subiam nos palanques sempre em casais improvisados por sua livre escolha. Ocorria então, aos poucos, o inebriar pelos vapores que as uvas amassadas liberavam. Tornavam-se mais afetivas e menos inibidas para abraçarem e, quem sabe, beijarem o seu par. Daí adveio o nome para esta festa, uma vez que sua finalidade era literalmente ensiná-las a abrirem os braços (e o coração) para o outro. Vale notar que não era objetivo embriagá-las, mas sim deixá-las menos tímidas e iniciá-las na arte de amar o sexo oposto. Seguiam a máxima dionisíaca segundo a qual "O vinho foi dado ao homem para inebriá-lo e elevar-lhe o espírito, jamais para embriagá-lo e rebaixá-lo."

Por ocasião da puberdade, cabia ao mestre ensinar e discutir os chamados jogos de sedução, baseados na verdade e na coragem de revelar-se à pessoa amada. Agora podia discutir e aprender a arte de amar com todos e levar suas perguntas aos simpósios. Mais uma vez, o teatro desempenhava papel fundamental nesse aprendizado, tanto na infância como na puberdade. Note-se, no entanto, que não tinha a finalidade de ensiná-los a serem falsos. Muito ao contrário, estava voltado ao aprendizado de mostrar seu eu, oculto pelo medo e a timidez.

10 • HÉRACLES E OS BOIS DE GERIÃO

Euristeu ordenou a Héracles que lhe trouxesse os bois de Gerião. Já em Hesíodo encontramos um relato sobre este mito na Teogonia: "De Caliróí, filha do grande Oceano, Crisaôr teve Gerião tricéfalo. Héracles venceu este monstro (Gerião) na ilha de Erítia, próximo de seus magníficos bois de ampla frente, no dia em que os levou, após matar no fundo do escuro estábulo seus guardiães: o cão Ortro e o pastor Euritião. Tomou os bois diante de si então e conduziu-os pelo oceano para a cidade sagrada de Tirinto."

Apolodoro de Atenas conta-nos que Gerião tinha três corpos que se uniam num só na região do ventre e separavam-se a partir das costas. Era filho de Euritião e de Ares. O cão Ortro era, como Cérbero, nascido de Tifoeu e de Equidna. Tinha duas cabeças e segundo outra versão tinha ainda sete cabeças de serpente. Para chegar à ilha de Erítia, Héracles atravessou a Europa, onde encontrou muitos povos selvagens, e penetrou a Líbia. Após passar o Tartesso, colocou duas colunas, em memória desta viagem, nas montanhas opostas que limitam a Europa, a África e o oceano. Aqui se situa o episódio do antagonismo entre Héracles e Hélios.

Perturbado com o sol, Héracles, segundo Ferecides de Samos, preparou seu arco para atirar contra ele, mas Hélios ordenou que se detivesse e Héracles, temeroso com suas ameaças, deteve-se. Hélios então, reconhecido por sua obediência, deu-lhe uma copa que, quando usada, podia transportá-lo durante a noite com seus cavalos através do oceano. Assim alcançou a ilha Iritia. Há muita discussão entre os autores antigos sobre sua exata localização, mas a opinião mais aceita é que se situava no oceano Atlântico, já que Héracles atravessara o estreito que separa a Europa da África.

Lá chegando, passou a noite no monte Abas, e o cão Ortro, farejando-o, avançou para matá-lo, mas foi ele quem encontrou a morte sob os golpes da clava de Héracles. O pastor Euritião teve a mesma sorte ao acudir em socorro de seu cão. Manécio, guardião dos rebanhos de Hades, avisou então a Gerião que seus bois corriam perigo, e morreu atingido pelas flechas de Héracles ao tentar enfrentá-lo. O herói embarcou então os bois na copa que o Sol lhe dera e restituiu-a a seu proprietário após chegar a Tartesso. Para retornar, atravessou um grande número de países e teve muitas peripécias ao enfrentar seus hostis habitantes.

Na Ligúria, dois irmãos – Alébias e Dergino – filhos de Posseidon tentaram roubar-lhe os bois, sendo mortos em combate. Próximo de Roma, Héracles enfrentou o gigante Caco. No altiplano Flegreon, próximo de Cumas, no sul da Itália, Héracles tomou parte na célebre luta contra os Gigantes – a Gigantomaquia.

Enfrentou depois a Érix, filho de Posseidon ou de Butes e Afrodite, que desafiava para lutar todos os estrangeiros que encontrasse em seu caminho. Para provocar Héracles, roubou-lhe um boi, colocando-o em seu rebanho e dizendo-lhe que não o devolveria sem luta. O herói derrubou-o três vezes, matando-o por fim e recuperando seu boi. Chegando finalmente na Grécia, desembarcou em Ambrakia, quando um enviado de Hera dispersou os bois pelas montanhas da Trácia. Héracles perseguiu-os, reuniu por fim uma parte e a outra fugiu, tornando-se selvagem.

Dizia-se ainda que Héracles unira-se com Equidna quando passara pela Escítia e que desta união nasceram três filhos: Agarinto, Gelão e Escita, fundadores da nação Escita. Quando entregou o rebanho a Euristeu, este o sacrificou a Hera.

Héracles e Anteu

Chegando à Líbia, encontrou Anteu, filho de Gaia e Posseidon, que ali reinava. Era um gigante de enorme estatura que provocava a todos os estrangeiros para com ele lutarem e matava-os, construindo com seus ossos um templo em honra a seu pai, Posseidon. Era invencível porque cada vez que tocava a terra recobrava as forças gastas ou perdidas. Para vencê-lo, Héracles tomou-o nos braços e ergueu-o no ar, exaurindo-o até a morte.

Este episódio deu-se em Tingis (Tânger), na Mauritânia, cidade que se acreditava ter sido fundada por Tinge, mulher de Anteu. Segundo a tradição, existia neste lugar a tumba do gigante, bastando remover a terra para que chovesse. Sertônio, segundo se contava, mandara abrir a tumba, fechando-a a seguir, após conferir que realmente continha uma ossada humana de enormes proporções.

Significado pedagógico e iniciático dos Bois de Gerião

Este mito era dedicado ao desafio do desapego. Os bois eram associados com posse desde a mais remota antiguidade. A prova era ter esses bois magníficos e não se apoderar. Eram raros, com pelos de ouro, sendo o símbolo da terra e da posse material, que deveriam ser superados. Os povos arcaicos não tinham a mesma noção de propriedade que se instalou a partir do império romano até nossos dias. As posses estavam restritas aos animais, produtos da terra e ao comércio em geral, sendo que não existia a propriedade da terra. Ela era um bem comum, sendo atributo dos governantes distribuí-la. Não se deve concluir a partir desse fato que o regime era “socialista”, como alguns autores já sugeriram. Simplesmente era vista como dádiva dos deuses e, portanto, sagrada.

A longa viagem que Héracles empreendeu tinha o significado de que todos deveriam se preparar também para passar ao longo de suas vidas buscando meios para vencer o apego às coisas materiais e educar a cobiça. Os bois deveriam ser sacrificados para a deusa Hera, que representava o casamento, a necessária estabilidade para que um lar pudesse prosperar e os filhos crescerem fortes e sadios. Esta deveria ser a única concessão à busca material, e mesmo assim, deveria ser parcimoniosa, quer dizer, ser conduzida pela busca das posses estritamente necessárias. Vale notar que os filhos não podiam herdar muita coisa de seus pais, uma vez que a lei determinava que os bens de uma casa eram da esposa, para garantir seu sustento numa eventual viuvez ou ainda para a sua velhice.

Durante sua viagem, Héracles recebeu uma copa mágica do deus Hélios (o Sol) para transpor os mares. O significado era que deveria buscar o auxílio da luz para vencer as sombras do apego material – estas eram os gigantes que tentaram roubar-lhe os bois durante o seu retorno. O episódio da Gigantomaquia (luta entre os deuses e os gigantes) simbolizava a ousadia dos homens poderosos desafiarem os próprios deuses, tentando tomar o seu lugar. Segundo a tradição, seu castigo foi exemplar, tendo os deuses enviado enorme dilúvio para exterminar os que sobreviveram à batalha.

O próprio Gerião era um poderoso representante dessas forças materiais, pois tinha um corpo formado por nada menos do que três troncos. Era a exacerbação da força bruta da matéria e a ausência de qualquer chama espiritual. A tradição hermética ensinava o caminho exatamente oposto: ter um corpo o mais leve possível, transformando-o em energia espiritual ao longo da vida. Lia-se na "Tábua das Esmeraldas", atribuída ao deus Hermes: "O corpo deve partir daqui completamente gasto. Gasta-o, mas gasta-o bem, transformando sua força material em espiritual. Não desperdice tuas forças acumulando, pois tudo deixarás aqui. Lembra que o corpo terás de devolver para a deusa da terra, Deméter. Sua lei determinou que todo corpo a ela devolvido será usado para fertilizar e preparar o nascimento de outros seres. Não te esqueças que nu chegaste e assim partirás daqui. Até teu nome terás de devolver aos deuses."

Quando iniciou seu retorno após vencer Gerião e tomar-lhe os bois, encontrou o mais terrível dos gigantes, Anteu (significava "aquele que os deuses desafia"). Era chamado também de "o gigante dos gigantes", e desafiando a todos que passavam por seus domínios, destruía-os e com seus ossos erguia um templo em honra de seu pai. Filho de Posseidon e Gaia, tirava suas forças da terra toda vez que a tocava. Assim se renovava e arrebanhava exércitos de homens para construir cidades e mais cidades. Monstro empreendedor e visionário acabava por matar de exaustão seus homens, partindo então para seus loucos sonhos realizar, arrebanhando outros. Acumulava então seus ossos, depositando-os na entrada das cidades como um monumento à sua vitória em empreender obras para a glória da matéria. Tirando as forças da terra, ele se renovava e produzia incessantemente, considerando que tudo aqui devia permanecer.

Em sua luta com Anteu, Héracles não conseguia vencê-lo, pois toda vez que o derrubava, reerguia-se com as forças renovadas ao tocar o solo. Foi então que Atená enviou através de Hermes o seu conselho: "As energias de Anteu perdem-se nos ares. Os monstros da terra não suportam a força do espírito." Héracles entendeu a mensagem e, agarrando-o pela cintura, ergueu-o no ar sufocando-o até a morte. E mais uma vez Atená alertou-o: "As construções dos homens não podem custar a vida, devem servir para consolidá-la. De outro modo, servirão apenas para destrui-los. O progresso não pode se opor às leis da natureza".

E realmente vale a pena o sacrifício de tantos e tantos em nome da riqueza e do progresso desvairado? Quantos e quantos materialistas famosos, no seu afã de construírem um império, não destroçaram inúmeras vidas, além da própria? Veja-se a história dos Kennedy, dos Onassis e dos Rockfeller, para citar alguns. O materialista morre ao perder as posses que o sustentam. Vive somente para isso, não enxergando nada além, sendo muito triste o seu fim. Na medida em que a velhice e a morte se aproximam, apega-se desesperadamente ao seu dinheiro e posses, como se isso pudesse salvá-lo. Além disso, a humanidade não precisa de loucos criadores e visionários, como Hitler, Napoleão e tantos outros, que arrastaram para a morte e o sofrimento inútil milhões de inocentes. Tudo em nome de uma ideologia, mas a única que pode merecer este nome é aquela que privilegia o mandamento máximo dos deuses da antiguidade: o direito natural e cósmico de se nascer, viver e morrer com dignidade e honra. Nada poderá jamais justificar a perda de uma única vida.

A modernidade, mais uma vez, encarregou-se de criar outras ideologias mais sutis e assassinas. O afã de se ter mais e mais, a loucura de correr não se sabe para onde, o consumismo desvairado e o delírio empresarial da "produtividade", onde os homens são sacrificados por uma busca desenfreada do mais e melhor. O resultado é calamitoso: cobiça, ciúmes e inveja governando as relações humanas.

Os exercícios utilizados na Paideia para ensinar ao jovem a arte do desapego procuravam mostrar-lhe que a única riqueza que alguém poderia levar e ter eternamente estava no interior do ser. Eram praticados jogos de adivinhação para descobrirem o que poderiam conquistar e levar consigo para sempre. O mestre sugeria as possibilidades, que iam a direção à busca do saber, das artes e da filantropia. Outro jogo era aquele que começava com o desafio de se descobrir o que ganharia tendo mais posses e o que perderia. Estes temas ganhariam especial importância mais tarde na puberdade, quando poderiam discuti-los nos Simpósios.

11 • OS POMOS DE OURO DO JARDIM DAS HESPÉRIDES

Tratava-se de uma das mais acidentadas empresas de Héracles. Hesíodo situava o jardim das Hespérides no limite ocidental da terra, "lá onde o dia e a noite se encontram, numa ilha do oceano." Esta era a versão mais aceita, opondo-se àquela que o situava no país dos Hiperbóreos, no extremo norte. Ainda segundo Hesíodo, as Hespérides eram filhas da Noite, enquanto que outros autores atribuíam-lhes outra origem.

Segundo Apolodoro de Atenas eram quatro: Egle, Erítia, Aretusa e Héstia, mas provavelmente o nome correto deveria ser Héspera. Tinham o encargo de guardar os pomos de uma árvore maravilhosa, símbolo da fecundidade e do amor. Estes frutos tinham sido dados por Gaia a Hera como presente de casamento quando se uniu a Zeus. Esta os achou tão belos que ordenou que fossem plantados no jardim dos deuses, que se encontrava na terra de Atlas. Como as filhas deste roubavam os frutos da árvore, Hera colocou para vigiá-los um dragão imortal de cem cabeças, filho de Tifoeu e de Equidna, segundo Apolodoro de Atenas, ou de Fórcis e de Ceto, segundo Hesíodo.

Em seu caminho, Héracles encontrou muitos adversários que sucumbiram a seus golpes. O primeiro foi um filho de Ares e Cirene, o gigante Cicno, derrotado apesar da ajuda do pai. A seguir, Zeus teve de intervir para por fim à luta entre Ares e Héracles. Hesíodo relatou minuciosamente este combate no "O Escudo de Héracles". Atená, enviada por Zeus, interveio para ordenar que Ares suspendesse o combate, no que Ares não a escutou, mas esta impediu que a lança do deus da guerra atingisse Héracles, que ainda o feriu.

Assim, o herói chegou ao rio Eridano, onde as ninfas, filhas de Zeus e Têmis, ensinaram-lhe os meios de descobrir quem podia indicar-lhe o caminho para chegar ao jardim das Hespérides. Para tanto, teria de aprisionar o deus marinho Nereu, depositário do segredo. Héracles encontrou-o dormindo, amarrou-o, e ainda que se metamorfoseasse de todas as maneiras (este era seu poder), não o soltou até que dissesse o segredo de como chegar às Hespérides.

Outro mito refere ainda que, tendo Héracles adormecido depois de sua vitória sobre Anteu, foi atacado por um bando de anões, os Pigmeus, que viviam como formigueiros na areia e eram irmãos do gigante vencido. Héracles capturou-os, aprisionando-os na sua pele de leão.

Enfrentou e venceu então Busíris, no Egito, sendo ele filho de Posseidon e Lisianasa. Este monarca tinha o hábito de sacrificar os estrangeiros que lá chegavam. Segundo a trajetória descrita por Apolodoro de Atenas, chegou Héracles em Termidres, perto da ilha de Rodes, e depois alcançou a Arábia ou a Etiópia, onde estava Ematião, rei do país e filho de Eos e Titão. Graças à copa que Hélios lhe dera, pôde Héracles atravessar o oceano e chegar na Ásia. No Cáucaso, por ordem de Zeus e guiado por Hermes, libertou Prometeu, após ter matado a águia que lhe comia o fígado.

Chegando ao Jardim das Hespérides, encontrou Atlas, irmão de Prometeu, "...sustendo com sua cabeça e seus infatigáveis braços a abóbada imensa do céu. Fora o prudente Zeus quem lhe determinara este destino" (Apolodoro de Atenas). Héracles pediu que buscasse os Pomos de Ouro para ele, e enquanto Atlas cumpria esta missão, ficou em seu lugar sustendo a abóbada celeste. No entanto, ao retornar, Atlas declarou que decidira ele próprio levar os Pomos a Micenas para o rei Euristeu. Prometeu, que o acompanhara nesta missão, sugeriu-lhe um ardil, e Héracles o executou: disse a Atlas que concordava, mas que lhe pedia apenas o favor de suster a abóbada por uns instantes enquanto fazia uma pequena almofada para pôr no seu ombro. Atlas caiu na armadilha, e Héracles imediatamente partiu com os pomos para Micenas. Lá os entregou a Euristeu, este os devolveu ao herói que, por sua vez, deu-os a Atená. Ela então os colocou de volta no Jardim das Hespérides, porque declarou que "...não deveriam estar em nenhum outro lugar."

Significado pedagógico e iniciático dos Pomos de Ouro do Jardim das Hespérides

Este jardim representava o local onde toda a esperança e fecundidade eram possíveis. Seus pomos eram o símbolo de sua força, mas não bastava tê-la, seria preciso conhecer o momento certo para seu uso. Assim, as romãs (os pomos) eram os frutos secretos que davam, para quem soubesse colhê-los no momento certo, a chave do mistério, ou seja, o conhecimento do bem e do mal, o acesso à luz do céu e da vida. O jardim das Hespérides era incorruptível e não sujeito ao tempo. Por isso os frutos eram de ouro e foram associados à romã, o fruto da regeneração. Eram consagrados aos mistérios de Eleusias, sendo o símbolo da vida e da morte. Assim, as romãs significavam o retorno à vida, à reencarnação, para os modernos.

Os gregos antigos conferiam-lhes especial importância, sendo consideradas o fruto sagrado de Hera, deusa que propiciava a fecundidade nos casamentos. Quando nascia uma criança, era costume enfeitar a casa com romãs na esperança de que a nova vida fosse abençoada com a força destes frutos. Por ocasião de um falecimento, era colocada no esquife uma romã com a esperança de que a grande deusa-mãe Gaia fosse condescendente com a alma do morto e logo permitisse que voltasse a viver em outro corpo. Esta era a crença chamada de "metempsicose", ou seja, o retorno à vida em um novo corpo.

Mais uma vez, o significado etimológico é revelador: Hespérides significa "espargir", e a raiz "Esper" forma no grego a palavra "sperma" (esperma), "sporos" (esporo, semente), "spiro" (semear), "éspera" (véspera, entardecer), de onde se derivam, em nossa língua, o verbo "esperar" – que inclui o sentido de gravidez – e a própria palavra esperança. Os pomos eram de ouro porque pertenciam a uma deusa, mas caberia ao homem a tarefa de encontrar os seus e torná-los imortais, ou seja, deixar frutos perenes, que não eram apenas seus descendentes, mas sua obra criadora espargida e realizada através de seus talentos.

Héracles teve de dirigir-se ao extremo limite do mundo para encontrar estes frutos, pois só assim poderia o homem encontrar sua força fecunda e criadora: ir aos limites extremos de seu mundo interior para descobrir seus talentos e potenciais. Foi uma longa viagem quando Héracles seguiu para "o país dos Hiperbóreos", que era um lugar além do norte, representando a viagem que cada um deveria ousar realizar para encontrar seu sentido e mistério. Durante a viagem, recebeu de Zeus, através de Hermes, a ordem de libertar o Titã Prometeu e devolver-lhe a imortalidade perdida.

Fora acorrentado no Cáucaso, por ordem de Zeus, por trinta anos ou séculos, como castigo por ter roubado o fogo criador dos deuses para dá--lo aos homens. Não quis, no entanto, a medida de seu uso. Ou seja, não aceitou condicionar o uso da energia criadora para espargir a vida, ao contrário, tentou usá-la tanto para construir como para destruir. Considerava mais importante criar, não importava o que, mesmo que com isso espalhasse a destruição e o sofrimento (e assim tem sido até hoje).

Zeus também enviara uma águia, que durante o dia lhe comia o fígado. Como era imortal, o órgão regenerava à noite, para ser novamente consumido no dia seguinte. A metáfora era clara: seria a condição da humanidade, de ora em diante; trabalhar e desgastar-se durante o dia e renovar suas energias à noite. O deus dos deuses tirara a imortalidade dos homens como castigo por usarem, com Prometeu, o fogo sagrado sem medida e sem respeitarem o direito sagrado à vida, condenando-os ao trabalho para sobreviverem aqui na Terra. Só que agora aos poucos envelheceriam e morreriam, sendo isto representado pela águia comendo o fígado.

Zeus considerou que Prometeu já fora suficientemente castigado e aprendera a usar o fogo sagrado com a justa medida (Dike). Determinou então a sua libertação e declarou-o "pai da Humanidade": os homens deveriam com ele agora aprender o uso justo do poder criador (não aprenderam até hoje, como podemos facilmente constatar). Seu nome passou então a indicar-lhes o caminho a seguir: "Pro" – ir a direção – e "Mythos" – sabedoria dos deuses, ou seja, o nome Prometeu indicava que quem o seguisse deveria antes ir a busca da sabedoria, e depois utilizar seu poder criador. Ficou então conhecido como "aquele que primeiro pensa e depois age", tornando-se o símbolo do homem prudente. Note-se que "prudência" e "promessa" são palavras que de seu nome derivaram em nossa língua, tendo significado revelador.

Héracles chegou até onde Prometeu estava acorrentado, sendo conduzido pelo deus que abria os caminhos do destino, Hermes, que declarou então: "O grande Zeus decidiu que deverás ser por Héracles libertado, uma vez que considerou teres aprendido com o seu castigo. Concedeu ainda o privilégio de te tornares o pai da Humanidade, porém com uma condição: para que recuperes tua liberdade e imortalidade, os homens conquistarão também sua liberdade, mas perderão sua imortalidade. Assim será a humanidade: livre, porém mortal." E prosseguiu em suas determinações: "Declaro ainda que , além da mortalidade, os homens estão condenados a encontrar o alimento que os sustente com o suor de seu rosto, pois debaixo da terra o escondi. Finalmente, determinei que os males estarão de ora em diante irmanados. Uma desgraça nunca virá só: elas serão triplas. Mas os homens estão livres para irem aonde quiserem. Lembro-lhes, no entanto, que os deuses apenas sugerem o destino a cumprir, eles nada impõem. Porém, o destino acalanta quem o segue e arrasta quem o nega". (Hesíodo; Os Trabalhos e os Dias)

Transportadas para a modernidade, estas determinações de Zeus mostram o vigor do eterno. Busca-se hoje a conquista da imortalidade retardando com artifícios o envelhecer, suspendendo o fluir da vida aquele que se cuida demais, como se passasse a vida num "estaleiro em reforma". "Vive morto" e só ele não foi avisado. O homem só pode ambicionar a reconquista da imortalidade pela libertação espiritual. Sócrates ensinava aos seus discípulos: "Quem não aprender a morrer, jamais servirá para viver."

E, realmente, o homem vive adiando tudo porque acha que sempre terá tempo e a vida. Quando menos espera, passou. Somente aquele que sabe da premência da morte e que a qualquer momento pode perder aqueles que ama, entregase a tudo que é vivo, como se cada minuto fosse a eternidade e toda a eternidade estivesse contida num minuto; vive intensamente porque sabe da morte.

Héracles recebeu ordens de Atená para devolver os pomos de ouro ao Jardim das Hespérides assim que os mostrasse ao rei Euristeu. Representavam a descoberta da fertilidade escondida no interior de cada um, ou seja, os talentos e potenciais, e não simplesmente o poder de deixar descendentes. Eram ainda o desafio em gerar frutos eternos e sadios, sendo o risco maior a criação de frutos efêmeros, que adviriam daquele que desconhecesse a si próprio e, portanto, desperdiçasse seus talentos.

Os pomos eram a fertilidade de cada um, devendo ser educada além de descoberta. E mais: os talentos não poderiam ser dados e ninguém poderia se transformar no que não é. A evolução só seria possível a partir do que se é, sendo esta a base dos exercícios propostos para o aprendizado deste trabalho. O mestre observava atentamente as tendências de cada criança, procurando torná-la consciente das mesmas e tentando estimulá-la a pô-las em prática. Além disso, havia os jogos onde cada um imitava um ou vários adultos de sua preferência, revelando com isto suas tendências e talentos.

A imitação não é simplesmente a cópia de algo ou alguém ideal – move-se por uma escolha ainda não consciente. Mas a criança "sabe sem saber" porque imita a este e não àquele, dizendo os antigos que ela era guiada por suas vidas passadas, pelo que já aprendera. Sócrates queria dizer exatamente isso quando afirmava que o jovem nada aprende, apenas se recorda daquilo que já sabe (Teoria da Reminiscência). Assim, caberia ao mestre despertar o jovem perguntando, pois ele não tinha nada a ensinar, sendo os exercícios voltados à arte de perguntar a si próprio e ao aprendizado de ouvir a voz interior para a descoberta e compreensão de seus interesses e talentos. O resultado era permitir ao jovem seguir seu caminho através da descoberta de si e não impondo modelos prontos, como a escola faz hoje. Ademais, praticava o mestre a sadia arte de perguntar e ouvir o jovem, sendo este o seu papel principal, e não "falar pelos cotovelos" como fazem hoje, exigindo um silêncio (impossível) por parte dos alunos. Os antigos achariam nossas escolas verdadeiras fábricas de loucos, e com razão – não passam de lugar onde se aprende a calar a verdade, mentir, disfarçar e aguentar um professor falando em geral tolices ou inutilidades, quando deveria permanecer calado e ouvir. Ainda bem que este massacre nem sempre dá certo, mas na maioria das vezes mata os talentos antes mesmo que sejam descobertos.

12 • A CAPTURA DE CÉRBERO

Foi o último e mais difícil dos trabalhos impostos por Euristeu a Héracles, que teve de descer ao Hades para trazer o cão Cérbero. Era ele o encarregado de guardar a entrada das tenebrosas regiões da "Mansão dos Mortos". Dócil com quem entrasse, reagia implacável com quem tentasse sair. Também nascera de Tifoeu e Equidna, tinha três cabeças e cauda de dragão.

Segundo Apolodoro de Atenas, Héracles foi ao encontro de Eumolpo para se iniciar nos Mistérios de Eleusias. Estava, no entanto, maculado pela morte dos centauros, e assim não podia presenciar os mistérios, tendo então de fazer-se purificar por Eumolpo. Após a iniciação, dirigiu-se ao Hades acompanhado de Hermes.

"Ao vê-lo, todas as sombras fugiram, com exceção de Meleagro e da Medusa. Desembainhou a espada para atacá-la, mas Hermes conteve-o, advertindo-o de que não era mais que uma sombra".

"Ao aproximar-se das portas do Hades, encontrou Teseu e Pirítoo, sendo que este último ousara pedir a mão de Perséfone, esposa do deus dos mortos (Plutão), e por isso estava acorrentado. Ambos estenderam-lhe as mãos para que Héracles, com sua força os libertasse. O herói conseguiu libertar Teseu, mas a Terra começou a tremer quando tentou libertar Pirítoo, tendo então que deixá-lo. Levantou então a pedra sob a qual jazia Ascáfalo." (Apolodoro de Atenas). Este era o único que vira Perséfone comer os grãos de romã, fato que a impediu de permanecer para sempre ao lado de sua mãe Deméter.

Chegando à presença de Hades, o herói expôs o motivo de sua viagem. O deus permitiu que levasse Cérbero, desde que conseguisse se apoderar dele sem fazer uso de suas armas.

"Héracles, usando sua couraça e sua pele de leão, ao encontrar o cão nas portas do Aqueronte agarrou-o pelo pescoço e, mesmo mordido pelo dragão que formava sua cauda, não soltou a presa, que assim se viu obrigada a segui-lo para não sufocar" (Apolodoro de Atenas).

Levou-o então, e após mostrá-lo a Euristeu, que fugiu aterrorizado, trouxe-o de volta para o Hades.

Significado pedagógico e iniciático da Captura de Cérbero

"O homem deve aprender a transitar para além da morte, subtraindo-se à fatal lei que é Cérbero, que impede o regresso à eternidade e exige a mortalidade" (atribuído a Sócrates, nos Diálogos de Platão).

O deus dos mortos era Hades ou Plutão e seu reino tinha o seu primeiro nome. Dizia a tradição que ficava no interior do globo terrestre, daí ser também chamado de "insfera" – de "in", interior e "sfera", globo ou esfera. Os romanos modificaram esta palavra para "inferum", daí resultando "infernum", em latim, e inferno, em nossa língua. Deve-se, no entanto, observar que não tinha o significado de lugar de condenação ou sofrimento que adquiriu para o cristianismo. Era o interior da Terra, como sua etimologia revela, sendo lugar de passagem e purificação das almas, visando a prepará-las para o retorno a seu astro guia (isto se chamava viagem astral) e à nova vida (a metempsicose). Somente em raras ocasiões permaneciam no Hades (as almas eram chamadas de sombras).

Isto acontecia quando algum mortal ousava desafiar as leis dos deuses, sendo Sísifo uma história exemplar: amava os prazeres da vida e, não querendo morrer, aprisionou a Morte quando esta veio buscá-lo. Zeus fulminou-o com um raio e determinou que ficasse eternamente preso no Hades, rolando colina acima uma pedra que chegando no topo rolava abaixo, tendo que reiniciar para sempre esse suplício. Teve assim o pior dos castigos: ficar eternamente preso à matéria, não podendo ir a lugar algum. Perdeu o direito mais caro para os antigos: poder voltar a viver e cumprir sua busca em direção à imortalidade. Não tinha mais um destino a cumprir, como acontece com todos os materialistas: sua vida acaba aqui na Terra, daí seu pavor em envelhecer e morrer.

Hades era o vingador dos juramentos, tendo como seu ajudante o cão tricéfalo Cérbero, com cauda de dragão. Cada uma de suas três cabeças verificava o juramento sagrado de cada mortal em praticar em vida a nobreza, a beleza e a bondade. Este era o chamado juramento ao "Kallos", na antiguidade grega, sendo considerado o fundamento para o caminho em busca da imortalidade. Quanto mais um homem tivesse se afastado em vida desses juramentos, tanto mais as cabeças de Cérbero impediriam seu retorno à vida, sendo que cada uma media um dos três juramentos, e o resultado representava o quanto cada um transformou o ferro (mortal) de sua alma em ouro (imortal). Para a tradição arcaica, somente a prática destes três princípios divinos permitia a metamorfose alquímica da alma de ferro em ouro.

Sua esposa, Perséfone, era chamada de "a juíza infernal", realizando o julgamento das almas dos mortos a partir do que as cabeças de Cérbero denunciavam: eram dóceis com aquelas que cumpriram os juramentos e implacáveis com os traidores. Eram então sentenciadas pelo deus Hades a cumprirem um período de purificação numa pira sagrada que tinha nove níveis. Quanto mais graves as faltas, mais profundo era o nível, sendo que se fossem consideradas irremediáveis, a alma era atirada para além do nono nível, dissolvendo-se, retornando ao Caos primordial e nunca mais voltando a viver em outro corpo. Dante Alighieri, em sua obra "A Divina Comédia", aqui buscou inspiração para a descrição de seu inferno de nove níveis. Vale notar que a tradição cristã também aí se inspirou para a sua concepção de Purgatório.

Sócrates, ao comentar estas questões com Platão e outros discípulos, afirmava: "Não há nada que torne a alma imortal, a não ser seu próprio esforço em praticar o ´Kallos´. Recordo-lhes que as almas não são imortais – elas podem vir a se tornar imortais, e esta será árdua conquista, a partir do esforço e excelência pessoal. A isto chamo de Areté, e quem a pratica é o verdadeiro aristocrata, o qual segue o caminho do herói. Todos os demais não passam de falsos aristocratas, clamando para si uma ridícula nobreza de origem. As almas morrem porque se dissolvem no seu chumbo (ferro) primordial, não mais conseguindo retornar à Terra". Vemos que este era o trabalho mais difícil de todos os propostos a Héracles, pois tratava da captura do limite da morte e da arte de sair do Hades, não incorrendo no mesmo erro de Sísifo. O último passo em direção à transcendência era a superação da morte física e a partida em busca da verdadeira espiritualidade, a qual era a única que poderia abrir as portas para a conquista da imortalidade. Para se preparar para este trabalho, Héracles foi iniciado por Eumolpos, o grande hierofante de Deméter, nos mistérios de Eleusias, os quais ensinavam primeiramente a lidar com a morte, para depois transcendê-la. A iniciação pretendia que ele enfrentasse a fatal lei chamada de "o ciclo das regenerações" (ou metempsicoses). Dava-lhe a exata medida de quanto lhe faltava para encontrar os meios de conquistar a imortalidade. Além disso, a exigência de Eumolpo era de que deveria descer ao Hades. O significado era claro: somente quem tivesse a coragem de descer a seu próprio inferno é que poderia se libertar da morte e de seus temores.

Guiado por Hermes, dirigiu-se ao reino de Hades, o qual permitiu que Cérbero fosse capturado, mas com a condição de não usar armas. E, realmente, qualquer arma que se use não domina a morte, encontra-a. A superação da morte só pode começar quando se abandonam as armas. Atená aconselhou-o a agarrá-lo de sopetão: "Para a iniciação, deves entregar-te completamente". Héracles levou uma mordida da cabeça do dragão que o cão tinha na cauda, significando isto o custo e o risco da iniciação. Os caminhos da evolução não são seguros, e sua busca aumenta os riscos da vida. Não será nunca suave a iniciação, muito menos a conquista da imortalidade, sendo este o sentido da captura de Cérbero.

A pedagogia para o aprendizado deste trabalho era voltada tanto para a infância como para a puberdade. Havia jogos de se "fingir de morto", com discussões sobre porque morremos e nascemos, tendo o cuidado o mestre em apontar-lhes que era tão natural nascer como morrer, sendo que a morte não era o fim, mas a continuação para uma outra vida. Na puberdade, as discussões voltavam-se para o sentido da vida e da morte, sendo o tema fundamental o risco de se viver e morrer em vão, ou seja, sem evoluir nesta estada aqui na Terra. O grande desafio era justamente partir mais evoluído do que se havia chegado, e para tanto, cada um deveria buscar estes caminhos a partir de seus talentos e possibilidades, praticando a criação e capturando o seu Cérbero, sem armas. Note-se finalmente que especial ênfase era dada aos jogos, onde cada criança devia encontrar este cão terrível dentro de si e domá-lo com sua nobreza, beleza e bondade. Mais uma vez, o papel do imaginário era um instrumento precioso.

Sabiam muito bem os mestres que todo jovem se achava "um milionário do tempo", ou seja, sentia que a morte era algo distante demais para com ela se preocupar. Além disso, com sua arrogância, frequentemente desdenhava os mais velhos, como se "seu tempo já tivesse passado". Assim é hoje também, só que nada se faz a esse respeito. Diferentemente, a Paideia dedicava especial atenção para a educação dessa arrogância, ensinando o jovem a envelhecer, tornando-se mais belo e mostrando-lhe que a verdadeira beleza estava no interior do ser e não em sua aparência. Somente sua energia criadora – que estava na realização de seus dons e talentos – poderia transcender a temporalidade e abrir as portas para a imortalidade e superação do envelhecer. Por mais que cultivassem a beleza e juventude de seu corpo, não evitariam seu desgaste. Somente o cultivo da criação, fundada na nobreza, beleza e bondade poderia superar o inevitável envelhecer, tornando sua alma cada vez mais bela e imune à temporalidade.

Estes eram os exercícios dedicados ao aprender a envelhecer, ensinando-lhe que enquanto o corpo fenece, tornando-se menos belo, a alma deveria resplandecer mais e mais, irradiando a beleza que se construiu ao longo dos anos. E pobres daqueles que nada fizessem para embelezar seu interior: teriam um final de vida duplamente degradante – feios por fora e por dentro, devorados por medos, angústias, e com o terror da aproximação da morte.

Este era o desafio proposto ao jovem: preparar o caminho para descoberta de sua beleza interior, como a suprema arte de aprender a morrer para saber viver. Eram exercícios do imaginário, praticados com livres discussões e reflexões, que eram chamados "Simpósios".

CAPÍTULO III

1 • OS ÚLTIMOS EPISÓDIOS DE HÉRACLES

A) Héracles na Ecália

Após a execução dos doze trabalhos, Héracles retornou para Tebas. Entregou Megara como esposa para seu fiel amante Iolau e pôs-se a caminho da Ecália. É difícil situar esta cidade com exatidão, pois o geógrafo Estrabão refere-se a cinco localidades com o mesmo nome. Tinha sido fundada por Melaneu, famoso no manejo do arco, e que havia dado à cidade o nome de sua mulher.

Seu filho Eurito, também um grande arqueiro, tinha como filhos Deyão, Clitio, Toxeu e Ífito, e fez a todos saber que daria a mão de sua filha Iole àquele que vencesse a ele e seus filhos no tiro ao alvo. Héracles saiu vitorioso da prova, mas quando reclamou o prêmio a que tinha direito, o rei negou. "Ífito, o primogênito, quis que seu pai cumprisse a promessa, mas Eurito e os demais filhos mantiveram a recusa, temerosos com a possibilidade de que, caso Héracles tivesse filhos, viesse a matá-los num de seus acessos de loucura." (Apolônio de Rodes).

Há várias versões sobre a sequência desse mito, mas a mais difundida conta-nos que, para vingar-se da quebra de promessa, Héracles retornou com um poderoso exército, sitiou a Ecália, tomou a cidade, matou Eurito e seus filhos. Aprisionou então a bela Iole, que se casou mais tarde com Hilo, filho mais velho de Héracles com Dejanira, Na Odisséia, Homero relata-nos o fim de Ífito:

"Viera a Micenas em busca de doze belas mulas e outras tantas éguas que perdera. Estas foram as causas de sua morte, pois a seguir chegou à casa do filho de Zeus, Héracles, famoso por seus trabalhos, e este, mesmo tendo-o como hóspede, matou-o em sua própria casa. Insensato! Não temeu a vingança dos deuses, não respeitou a mesa onde o infeliz sentou-se, mas imolou-o e reteve seus vigorosos corcéis." (Apolônio de Rodes).

Este assassinato teve para Héracles terríveis consequências. Foi finalmente purificado por Deífobo, filho de Hipólita, e depois tomado por grave doença. Ao consultar o oráculo de Delfos, este se negou a atendê-lo. Assim, teve início o famoso episódio onde Héracles apoderou-se da trípode da Pítia, gerando uma disputa com Apolo, que somente terminou com a intervenção direta de Zeus. Apolo vaticinou então que a enfermidade de Héracles somente cessaria quando, após ser vendido como escravo, tivesse dado a Eurito, pai de Ífito, o valor de sua venda como indenização pela morte do filho. Além disso, teria de servir por três anos a seu comprador. Nesta versão, naturalmente Héracles não matou Eurito e seus descendentes na disputa pela bela Iole.

B) Héracles e Onfale

Assim, para expiar seu assassinato, embarcou Héracles para a Ásia, onde o deus Hermes vendeu-o como escravo. O preço foi de três talentos e, no entanto, Eurito recusou-se a aceitá-lo como indenização pela morte de seu filho. Uma mulher, Onfale, rainha da Lídia, filha de Iardanos e viúva de Tmolo, comprou Héracles. Tratava-se de um mito que se tornou extremamente popular, mas infelizmente somente restaram-nos versões mais recentes dele, tendo se perdido as arcaicas. Examinaremos seu significado adiante, quando tentaremos restaurar suas características originais.

De qualquer modo, em todas as versões e certamente nas arcaicas também, Héracles submeteu-se completamente aos caprichos da rainha e levou uma vida feminina, completamente oposta àquela que havia levado anteriormente. Neste período também realizou trabalhos, sendo um dos principais livrar o reino dos bandidos Cércopes, que infestavam a região e eram anões com extraordinário senso de humor, além de ladrões.

Clavier esclarece-nos em seu "Dicionário Etimológico" que "Cércope" significa "aquele que, seja à força, seja por persuasão ou habilidade, procura viver às custas dos outros." Os primeiros que tiveram este nome foram os filhos de Thia e Oceano. Zeus transformou-os em macacos como castigo por tê-lo enganado, e chamou de Pitecusas as ilhas que habitavam. Enganaram o soberano do Olimpo da seguinte forma:

Zeus quis contratá-los quando declarou guerra a seu pai Kronos (na Titanomaquia). Mas eles, quando receberam a paga, não quiseram segui-lo, e foram então transformados em macacos como castigo. Os Cércopes eram considerados seus descendentes. Eurípedes mostra-nos em uma de suas comédias Héracles sendo vendido a Sileu, e não a Onfale. Trata-se de mais uma das versões recentes do mito.

Alguns autores mostram-nos ainda Héracles apaixonado por Onfale, mas levando uma existência um tanto feminina se comparada aos padrões de sua vida passada. Não nos esqueçamos, porém, do sem número de companheiros e amantes que Héracles teve durante esta mesma vida passada. Durante sua estada na Lídia, era representado deitado aos pés da amante ou fiando lã. É de Ovídio o divertidíssimo e valioso relato que reproduzimos a seguir, de sua obra "Fastos":

"Um dia, o jovem herói de Tirinto seguia os passos de sua ama. Fauno viu-os do alto de uma colina e, repentinamente, ardeu por ela em mil desejos, exclamando: "Adeus, ninfas das montanhas, adeus! Eis diante de mim aquela que quero amar! A bela Meônia (outro nome para Onfale) caminhava com sua bela e perfumada cabeleira dispersa pelos ombros; um broche de ouro resplandecia em seu colo; uma sombreira de ouro era sustentada pela poderosa mão de Héracles, que protegia seu alvo rosto dos ardentes raios de sol.".

"Chegaram a Tmolo ('aquele todo coberto pelas vinhas'), nas selvas de Baco, no momento em que o amigo Héspero ('a tarde') atrelava seus negros corcéis. Numa gruta revestida de pedras-pomes são recebidos e, enquanto as escravas preparam a comida e o vinho, Onfale vestiu Alcides (antigo nome de Héracles) com suas próprias roupas. Deu-lhe sua túnica tecida de púrpura africana, dando-lhe também seu delicado cinto, mas este não conseguiu circundar o corpo de Héracles. Também se rasgou a túnica quando por ela passaram os robustos braços do Herói; seus enormes pés mal cabiam nos estreitos calçados. Onfale por sua vez tomou a pesada clava, os despojos do leão de Neméa e os dardos menos pesados que estavam na aljava. Assim metamorfoseados, sentaram-se à mesa para cear e logo depois se entregaram ao sono, em leitos separados, uma vez que se preparavam para oferecer no dia seguinte, ao alvorecer, um sacrifício ao inventor do vinho (Dioniso). Para tanto deviam estar ambos puros."

"Iniciava-se a noite: quem não ousa o amor em seu delírio? Fauno, sorrateiro, avançou, adentrou a gruta e, vendo os escravos adormecidos pela embriaguez, confiou que seus amos não dormiam menos profundamente. Entrou o adúltero audaz, dirigindo seus passos de um lado ao outro. Suas mãos prudentes seguiam-no, apalpando tudo que tocasse. Chegou ao leito desejado – até aqui tudo parecia sorrir em seus projetos. Mas de repente sua mão tocou o pelo eriçado do leão de Neméa! Estremeceu, deteve-se e retrocedeu tomado de espanto e horror, como se vislumbrasse a serpente, que por pouco não pisou com seus pés! Tomou fôlego e dirigiu-se ao leito vizinho. Apalpou-o e tocou suas mãos em suaves e finos tecidos. Mas não lhe bastavam estas sensações e subiu ao leito. A rigidez e a dureza de seus chifres não eram mais que débeis sinais da violência de seus desejos. Começou a erguer a túnica, colocando a mão no regaço para então encontrar algo mais rígido que seus violentos desejos...! As pernas que ela cobria eram cabeludas e eriçadas em áspero e rude pelo".

"Tentou evadir-se então, mas o herói de Tirinto subitamente empurrouo ao virar-se no leito. Fauno caiu ruidosamente. A rainha despertou e chamou as servas, pedindo tochas para iluminar o recinto, que revelou a cena. O deus Fauno estava caído no solo gemendo e, a duras penas, levantou-se com seus machucados membros. Alcides e os demais riram da desgraça de Fauno, e a rainha não se cansava de rir das confusões de seu pretenso amante. Desde este ocorrido, o deus Fauno passou a não mais suportar os pérfidos vestidos, que foram a causa de sua quase desgraça. Por pouco o herói não estuprou Fauno, que passou a exigir que todos se apresentassem nus em seus altares."

Significado pedagógico e iniciático do Episódio de Onfale

A bela Iole era o prêmio do concurso de arqueiros, mas seu pai, o rei, negou-se a entregá-la ao vencedor Héracles e este, enfurecido, massacrou a todos. No entanto Ífito, o filho mais velho do rei, insistiu para que o pai cumprisse a promessa. Foi então em busca de seus corcéis e hospedou-se na casa de Heracles: que, ainda enfurecido, matou-o, não temendo a vingança dos deuses que abominavam este ato ímpio: matar alguém que se convidou para entrar em sua própria casa. Entretanto, Héracles ficou muito doente e dirigiu-se ao Oráculo de Delfos para ser atendido, o que não aconteceu, visto que tinha sido ímpio. Ocorreu então o episódio do roubo da trípode, que resultou na briga entre Apolo e Héracles. Acabou com a intervenção de Zeus, que ordenou que a trípode voltasse ao seu lugar sacro. Apolo então vaticinou que a doença de Héracles acabaria se ele se vendesse por três anos como escravo, dando o dinheiro que arrecadasse para o pai de Iole, a fim de reparar a morte de Ífito.

O castigo imposto por Apolo significava que deveria pagar um tributo às três Cárites – a nobreza, a beleza e a bondade. Por isso, deveria servir durante três anos, sendo um para cada uma. Além disso, deveria dar prova de humildade servindo, e mais ainda, realizando tarefas delicadas e femininas. Estas tinham por finalidade ensiná-lo a conhecer o seu oposto (a mulher), pondo-se em seu lugar.

Isto era parte do aprendizado dos jovens, e mais tarde, dos casais. Aprendiam logo cedo a trocar de papéis em festividades religiosas dedicadas ao deus Dioniso, para o exercício do entendimento mútuo, pois acreditavam (com razão) que somente quando alguém se põe no lugar do outro é que pode realmente compreendêlo e aceitá-lo. Além disso, visavam arrancá-los de seu egocentrismo e ensiná-los a verem o sexo oposto como um ser psicológico e espiritual, e não meramente um objeto de atração sexual. Note-se que durante esses períodos de troca de papéis (duravam de dois a nove dias, conforme a idade e o tipo de ligação entre os pares) estavam vetadas as relações sexuais. Isto porque não estava em jogo uma eventual inversão sexual, mas o reconhecimento do sexo oposto como ser humano, como já observamos. Estes rituais eram chamados de metamorfoses, tendo mais uma vez o teatro um papel fundamental para a arte de se revelar a verdade e o desconhecido, e não para o lamentável aprendizado da camuflagem e do disfarce que tanto se pratica hoje.

Héracles foi vendido então para Onfale – rainha Lídia e viúva – que o comprou e o transformou em mulher. Era um mito muito popular na antiguidade, e tratava-se de um mito de transformação e recuperação do hermafrodita original (referência ao tema da origem dos humanos, que não eram nem masculinos nem feminino – como eram imortais, não tinham sexo, sendo chamados de "hermafroditas primordiais"). Héracles estava no caminho final da busca de sua imortalidade, que passava pela anulação da separação entre o masculino e feminino. Esta reunificação significava o reencontro do "anthropos original". Era a etapa final, onde o masculino e o feminino se reunificariam e preparariam o indivíduo para a transcendência. Esses rituais eram popularíssimos na antiguidade (as Heráclites eram grandes festas, onde eram celebrados).

Várias versões contam que Héracles se apaixonou por Onfale e vice-versa, mas que mesmo assim ele continuava a se vestir como mulher. Realizou várias tarefas: a captura dos Cércopes, anões ladrões que assolavam a região da Lídia. "Cércopes" queria dizer o indivíduo que procurava viver às custas do outro. Eram filhos de Thia e Oceano, e Zeus transformou-os em macacos como castigo por ter sido por eles enganado, por ocasião da Titanomaquia. O macaco revelava o mau caráter humano, o preguiçoso, e Héracles deveria vencer estes macacos que seriam seu lado oposto.

Ovídio relatou-nos o episódio onde Onfale e Héracles trocaram suas roupas entre si. Era um ritual de metamorfose nos seus contrários, ritual dionisíaco arcaico onde, com a transformação, ocorreria a complementação e o conhecimento dos opostos, como já explicamos.

2 • A MORTE E A APOTEOSE DE HÉRACLES

A) A luta de Héracles com Aqueloo

Oeneu, rei da Etólia, casou-se com Altéia e com ela teve quatro filhos: Meleagro, Toxeu, Trieu e Climene, e ainda as filhas: Gorga e Dejanira. Uma outra tradição atribuía o nascimento de Dejanira como produto das relações de Dioniso com Altéia. Era uma jovem valorosa que aprendera o manejo das armas e a conduzir os carros de guerra.

O deus-rio Aqueloo, filho de Oceano e Tétis pediu-a em casamento. Esta não desejava o deus-rio e alegrou-se quando Héracles juntou-se aos pretendentes de sua mão. Travou-se então uma terrível luta entre os dois pretendentes. Aqueloo tinha o poder de metamorfosear-se em qualquer coisa e, no decorrer da luta, transformou-se em touro. O herói quebrou um de seus chifres durante a luta, forçando o deus-rio a declarar-se derrotado. Para ter de volta este chifre, teve de entregar a Héracles um dos que pertenceram à cabra Amaltéia, que era o famoso chifre da abundância.

B) Héracles mata o centauro Nesso | A túnica envenenada

Héracles permaneceu na Calidônia após seu casamento com Dejanira, e lá nasceu um primeiro filho desta união, Hilo.

"Ajudou ainda os calidônios numa expedição contra os tésprotos. Uniu-se então com a filha do monarca de Éfiro, Filas, que se chamava Astioquéia; desta união nasceu Tleptólemo." (Apolodoro de Atenas).

Tendo cometido um homicídio involuntário, foi forçado a abandonar esta cidade. O incidente ocorreu quando Eunomo, encarregado de servir a mesa, derramou inadvertidamente nas mãos de Héracles a água destinada à lavagem dos pés. Furioso, nocauteou-o com tal força que o jovem morreu. Foi perdoado pelo rei Oeneu, mas Héracles condenou-se ao desterro voluntário. Partiu então da Calidônia com Dejanira e seu filho Hilo, para Traquis. Durante o percurso, chegou às margens do rio Eveno, cuja travessia era bastante difícil. O centauro Nesso, que escapara da matança de seus congêneres por Héracles no antro de Folo, lá se estabelecera e ajudava os viajantes a atravessar o rio, mediante pagamento. Pretendia ainda que os deuses tinham lhe confiado este posto, devido a sua equidade.

Como Héracles podia atravessar o rio a nado, encarregou o centauro de transportar Dejanira para a outra margem. Justamente durante a travessia, Nesso tentou violentá-la e "...esta se pôs a gritar, e Héracles, apercebendo-se do que ocorria, atingiu-o mortalmente no coração com uma flechada, no momento em que saía da água. Percebendo que morria, Nesso chamou Dejanira e disse-lhe que se quisesse ter um filtro poderoso para que Héracles nunca deixasse de amá-la por causa de outra mulher, que misturasse o seu esperma, que caíra no solo, com o sangue que escorria de sua ferida mortal." (Apolodoro de Atenas).

A descrição feita por Diodoro da Cicília é praticamente idêntica. Acrescenta, no entanto, que com esta mistura deveria ser untada a túnica que Héracles vestia. Anteriormente, Eurito tinha prometido a mão de sua filha Iole àquele que vencesse a ele e a seus filhos no tiro de arco. Héracles venceu-os, mas o rei negou-lhe a recompensa, e então o herói matou a todos, arrebatando a bela Iole.

Conta-nos Plutarco que "...a jovem atirou-se do alto das muralhas de sua cidade em desespero, mas suas fartas vestes amorteceram sua queda, salvando-lhe a vida. Héracles desembarcou na ilha de Eubéia levando a jovem consigo, e lá ergueu um altar a Zeus Cineu no promontório de

Cineu. Desejando então oferecer um sacrifício a Zeus, enviou um arauto a Traquis para buscar-lhe uma vestimenta cerimonial. Licas, o arauto, teve a imprudência de falar para Dejanira da bela cativa que seu marido havia conquistado. Dejanira, louca de ciúmes e acreditando que assim se livraria de sua rival, entregou-lhe uma túnica branca untada com o filtro que havia feito seguindo a orientação do falecido centauro Nesso. Vestiu-a então o herói e ofereceu o sacrifício, mas quando esta se aqueceu com o calor de seu corpo, o veneno penetrou suas carnes e começou a corroê-las e apodrecê-las. Héracles atirou no mar Licas e tentou arrancar a túnica, mas esta havia grudado em seu corpo, e ao tentar arrancá-la, as carnes desprendiam-se junto." (Plutarco).

Sofrendo terrivelmente, foi transportado de volta para a Traquínia, atual Heracléa. "Quando Dejanira soube do ocorrido, enforcou-se, e Héracles ordenou a seu filho Hilo que se casasse com Iole." (Plutarco).

C) A Apoteose de Héracles

Héracles enviou a Delfos Licimnio, para consultar a Pítia sobre os meios de pôr fim a esta horrível tortura, e esta respondeu que "deviam levá-lo ao monte Oita com todas as suas armas e erguer uma pira, deixando o resto aos cuidados de Zeus." (Diodoro da Sicília).

Em sua peça "As Traquínias", Sófocles mostra-nos os sofrimentos pelos quais passou Héracles com esta túnica. Eis algumas passagens: "Quantos perigos, quantas árduas tarefas foram impostas a meus braços e espáduas. Nem a esposa de Zeus, nem o odioso Euristeu foram tão funestos para mim como a filha de Oeneu, Dejanira, cuja perfídia envolveu-me neste traje fatal tecido pelas Erínias e que se tornou o instrumento de minha morte. Aderindo às minhas costas, devorou minhas carnes, penetrando até os meus pulmões, e prossegue sorvendo meu sangue generoso, e todo o meu corpo se dissolve, envolto em seu poder misterioso... O que nem a lança de meus inimigos pôde fazer, nem o exército dos Gigantes, filhos de Gaia, nem o furor dos animais selvagens, nem os helenos, nem os bárbaros, nem os monstros de quem a Terra livrei, então uma mulher, um ser débil que nada tem de viril, sozinha e sem a ajuda do ferro, triunfa sobre mim... Choro como uma jovem, e ninguém poderá dizer que jamais me viu reduzido a este estado... Eu suportava sem um gemido as maiores provas, e agora a dor me arranca lágrimas. Vejam, vejam todos este corpo lacerado, vejam em que estado me encontro. Ah! Que infeliz sou! Eis que novamente me carcome o veneno, novamente penetra em meu peito e não me dá um instante de repouso. Oh, rei do Érebo, leve-me daqui! Raio de Zeus, abate-me! Senhor dos raios, pai meu, lança sobre mim seus dardos! O veneno renovou suas forças e ferve! Oh! Minhas mãos, meus ombros, meus braços! Vocês, que outrora por terra prostraram o terrível leão de Neméa, o horror dos pastores, o enorme e terrível monstro. A Hidra de Lerna? Os centauros, raça bárbara, orgulhosa de sua força? O javali de Erimanto? O cão Cérbero, monstruoso filho da terrível Equidna. E o dragão que guardava os pomos de ouro na extremidade do mundo? Quantos mais perigos e desafios não venci? Mas agora, com meus membros destroçados, com minhas carnes apodrecidas, consome-me esta indescritível doença. Eu, o filho desta extraordinária Alcmene e de Zeus, o soberano dos deuses".

O herói encarregou-se ele mesmo de erigir sua pira mortal nas vertentes do Oita. Lá se deitou e pediu aos seus seguidores que acendessem o fogo, mas nenhum teve a coragem necessária. Foi Peante, que por ali passava à procura de seu rebanho, que aceitou a tarefa, segundo Apolodoro de Atenas. Em troca, Héracles presenteou-o com sua aljava. Outros comentadores antigos – entre os quais Diodoro da Sicília – atribuíram o feito a Filoctetes. Mais uma vez, foi Sófocles quem colocou em Héracles esta bela fala nos instantes finais:

"Oh, alma minha, concentra tuas forças antes que as dores recomecem, e encerra com aço minha boca, para que eu não me manifeste nesta última prova, que a recebo com alegria, mas sem que tenha sido minha a escolha!"

Assim que a pira ardeu, uma nuvem a cobriu, e sob uma chuva de raios, Héracles foi transportado para o Olimpo. A passagem terrestre de Héracles terminara. Agora estaria eternamente no Olimpo, ao lado dos deuses. Sua inimiga incansável com ele reconciliou-se e deu-lhe como esposa sua filha Hebe. Desta união nasceram Alexiare e Aniceto.

Significado pedagógico e iniciático da Apoteose de Héracles

Esta parte é dividida em três episódios: a primeira é a luta de Héracles com Aqueloo e a disputa por Dejanira, a segunda é a morte do Centauro Nesso, e finalmente a terceira é a apoteose de Héracles com a sua ascensão ao Olimpo.

O primeiro episódio era importante porque se tratava de Aqueloo (filho de Oceano e Tétis), divindade da água que tinha o poder de transmutar-se em qualquer coisa. Aqueloo e Héracles disputavam a mão de Dejanira, e na luta que se travou entre ambos, transformou-se em touro, quando Héracles partiu-lhe um de seus chifres, não o devolvendo. A quebra do chifre significava o mau uso da sabedoria. Para devolver-lhe o chifre (sem o qual este não poderia metamorfosear-se à sua origem), Héracles pediu que lhe cedesse um dos chifres da cabra Amaltéia (aquela que amamentou Zeus). Um de seus chifres era a abundância (a Cornucópia), símbolo que gerava a sabedoria, entre outras coisas. Assim, Héracles conquistou Dejanira.

Entrementes, devido ao assassinato de Ífito e de Eunomo, foi forçado a abandonar a cidade. Héracles partiu da Caledônia com Dejanira, e neste percurso teve que atravessar o rio onde encontrou o centauro Nesso (que era um dos sobreviventes do massacre por ocasião da morte de Folo). Por uma pequena paga, atravessava as pessoas de uma margem à outra. Héracles entregou Dejanira a Nesso para que a atravessasse, e este tentou violentá-la. Héracles atingiu-o então com uma flecha certeira, e Nesso, percebendo que iria morrer, ofereceu a Dejanira um filtro do amor. Ela deveria juntar o sangue que escorria de sua ferida com o seu esperma, e com esta mistura untaria uma túnica que Héracles iria vestir; assim garantindo seu amor para sempre (há outra versão onde Nesso lhe deu um pouco do fel da Hydra, o que daria na mesma). Dejanira, sabendo do episódio de Héracles com Iole, foi tomada de ciúmes. Deu-lhe então a túnica untada com o filtro, que assim que foi vestida começou a carcomer-lhe o corpo. "O homem não sabe até o último instante que foi um eleito pelos deuses... eu recebo com alegria, mas não foi minha a escolha" (Sófocles). Alcançou Héracles a imortalidade, e não foi sua a escolha de tantos trabalhos e sofrimentos. Sofreu e morreu para ensinar aos homens através de tantos erros e acertos. Muito mais tarde tivemos outros filhos de Deus com a mesma missão. A grande diferença reside no fato de que sua epopéia se constituiu numa educação prática e concreta para formar o jovem, buscando a ética, a verdade e a criação, e não meramente um acúmulo de conhecimentos frequentemente desconexos ou voltados para a busca de vantagens pessoais, como se "educa" hoje (sic).

3 • HÉRACLES E OS DEUSES

A) Hera e Ares

Como vimos, Héracles foi objeto da perseguição implacável de Hera, iniciada antes mesmo de seu nascimento. A deusa deu-lhe ainda a loucura como presente, conseguindo através de um estratagema colocá-lo a serviço de um tolo ganancioso, Euristeu. O filho de Hera, Ares, não tinha sentimento diferente de sua mãe pelo herói. Não o perdoou por querer livrar a Terra dos seres monstruosos que lhe deviam a existência e fez de tudo para favorecê-los contra o herói.

B) Héracles e Apolo

Foi famosa a disputa que ocorreu entre o filho de Leto (Apolo) e de Alcmene. Héracles dirigiu-se ao oráculo de Delfos para consultá-lo sobre o que deveria fazer por ter sido considerado culpado de um assassinato. A Pítia, no entanto, negou-se a subir na trípode e realizar a profecia. Héracles irritou-se então e tomou a trípode, levando-a para longe até a região do Gítio, ou até a Fenéa, segundo alguns autores. Apolo partiu então em perseguição de Héracles para recuperar a trípode, e esta luta somente cessou com a intervenção do próprio Zeus.

Segundo Boucherg-Leclerq, Héracles pretendia criar um oráculo para si próprio. Se de fato houve oráculos de Héracles, estes nem de longe tiveram a importância de Delfos.

C) Héracles e: Atená, Dioniso e Hermes

Atená estava presente na maior parte dos trabalhos de Héracles: foi ela que lhe deu os chocalhos ensurdecedores – feitos por Héfestos – com os quais espantou os pássaros do lago Estínfalo, como já vimos. Esteve a seu lado em sua luta contra Ares e ainda o acompanhou quando desceu para o Hades em busca do cão Cérbero. Era representada em muitas ânforas estando a seu lado num carro de guerra, seu ou dele. Héracles também era representado como tendo íntima relação com Dioniso, chegando a dividirem algumas aventuras. Assim, Héracles acompanhou Dioniso em sua viagem para as Índias, junto com seu cortejo ruidoso. Finalmente, Hermes acompanhou Héracles inclusive em sua descida para o Hades, ensinando-lhe o caminho.

D) Héracles: um mortal ao lado dos deuses na Gigantomaquia

Segundo uma profecia de Gaia, os deuses não triunfariam em sua luta contra os Gigantes se não houvesse a intervenção de um mortal, que foi Héracles. Seu principal adversário foi Alcioneu, cuja força era tão extraordinária que, com um único golpe, sepultou debaixo de uma rocha doze quadrigas conduzidas por vinte e quatro companheiros de Héracles. Este o feriu com uma flechada, mas o gigante não sucumbiu, porque cada vez que tocava o solo natal recobrava as forças. Atená revelou o segredo a Héracles, que por sua vez arrastou-o para fora de seu território natal, Paleno, matando-o desta forma.

O irmão de Alcioneu, Porfírio, também sucumbiu às flechadas de Héracles, sendo Afrodite quem atraiu para uma gruta os Gigantes, numa armadilha que Héracles preparara.

CAPÍTULO IV

1 • A TRADIÇÃO INICIÁTICA E A FORMAÇÃO DO HERÓI

O caminho do herói era a luta entre a Dike e a Hybris (Ouro, justa medida em oposição à Prata, desmedida). O herói era a primeira etapa do homem na busca de sua imortalidade. Tratava-se do princípio da transmutação da alma, encontrado na Alquimia. A pedra filosofal transformaria a alma de ferro em ouro.

Qual era a função do mito para o pensamento arcaico? (de "Mythos", que significava na antiguidade "verdade essencial e cósmica").

A) Os mitos são uma linguagem universal e cósmica. Eles "são" e "não são" ao mesmo tempo. É a ambiguidade essencial, de onde emanam as possibilidades. Recontar um mito é compreendê-lo e inevitavelmente recriá-lo.

B) É paradigmático; é dirigido à formação do homem.

C) Expõe a degradação do homem e abre caminhos para a sua regeneração.

D) Faz conhecer o destino para além da morte. Aqui se encontra o enigma da Esfinge: "De onde vieste? Quem és tu e que fazes aqui? Para onde vais?"

A primeira etapa da Pedagogia (Paideia) ocorria em três níveis paralelos durante pelo menos doze anos. Eram eles o canto, a dança e a récita dos mitos, que preparavam o jovem para o culto de Mnemosine, que significava a memória do eterno, ou seja, os princípios imutáveis da ética da existência. Dizia Sócrates: "O homem nasce esquecido, e a arte de recordar começa no corpo e só no final chega à alma".

Uma vez iniciada a educação do corpo, passava-se à Psicagogia (Psiquéia), a segunda etapa, que era a educação da psiquê, a trama do destino individual. Através do canto e da dança provocava-se a redescoberta do esquecido: seu passado cósmico. Ao recordar, aperfeiçoava-se. A Paideia deveria formar um homem o mais semelhante aos deuses. A máxima da Psicagogia era a frase "conhecete a ti mesmo." Conhecer o destino (de onde vieste?), enfim, era o passado que deveria ser relembrado para preparar o futuro. A memória (Mnemosine) tinha uma função divina, permitindo que se transcendesse o tempo e seus limites. Era a metamorfose e evolução das experiências pessoais. Hesíodo escreveu em sua obra "Os Trabalhos e os Dias": "Os homens morrem porque esquecem".

A terceira etapa era a Mistagogia (Mistéia): "O Daimon une o indivíduo ao cósmico", Píndaro, "Fragmentos" (procurava descobrir e elaborar esta parte imortal). Era a preparação do homem frente ao cosmos: quanto mais elevado o seu Daimon, menos livre seria o homem, devendo cumprir sua missão, que era ligar o seu destino individual ao cósmico.

Passos da Mistagogia (o início dava-se quando o indivíduo tinha mais ou menos 28 anos):

"Myesis" era a arte de "calar a boca". Quando se fala, não se ouve o próprio interior e não se pode ouvir o Mestre. Tal palavra vinha de "Mous", que em sânscrito significa o som cósmico primordial); temos daí Mysteris e Mantra.

Mouston: significava calar e fazer calar em si as vozes mentais e emocionais para que se pudesse ouvir a voz de Apolo, a intuição, a luz interior.

As etapas da iniciação passavam por uma série de provas:

A primeira era a prova do orgulho: sem humildade não se adquiria conhecimento.

A segunda era a prova do imaginário: era desenvolver a capacidade de dizer a verdade e de dominar seus devaneios.

A terceira era a prova de fixar as emoções ou a prova do autocontrole.

Se o indivíduo conseguisse superar as três provas, passaria para a fase de acusmático (aquele que só ouve). Aprendia então a arte de ouvir a si próprio e aos deuses, passando por um isolamento que duraria de três a cinco anos "para unir seu destino ao dos deuses", tendo que responder às três perguntas do enigma da Esfinge. Se conseguisse era porque tinha um destino a cumprir, e então se tornava um Mysté, passando então para a transmissão do saber ("Mester" ou "Mystir").

Cada indivíduo pertenceria a um astro, e para conhecer seu Daimon ("a serviço de que deus vieste?") era preciso descobrir os seus atributos e os de seu astro cósmico, uma vez que para compreendê-los seria preciso descobrir seus talentos e então saber o que deveria ser feito: usá-los a serviço de seu destino.

Héracles era um paradigma para os antigos. Herói nacional, como eram os personagens da Ilíada, representava aquele que iniciou sua história como instinto cego e passou pelas provas, os doze trabalhos, as doze etapas da transcendência. Todos os monstros que Héracles enfrentou eram sabidamente mais poderosos que ele, e seria impossível vencê-los pela força. Aí estava a questão iniciática, com os deuses a protegê-lo. Héracles matou o mestre Lino logo no início, uma vez que este queria ensinar-lhe poesia. Seu próprio pai sabia que ele era o mais irascível dos mortais e tinha uma força descomunal. Portanto, aqui se vê o seu estado selvagem, que deveria ser subjugado lentamente até o final, quando sua morte o mostraria sendo recebido pelo Olimpo. Mas por que o homem precisava do caminho do Herói?

A tradição falava sobre Prometeu (Pro-Mythos: aquele que ia a direção ao sagrado – primeiro pensava e depois agia, ou seja, era o pai dos homens prudentes) e Epimeteu (Epi-Mythos: aquele que despreza o sagrado – primeiro agia e pensava depois, ou seja, era o pai dos tolos). Prometeu era conhecido como o pai de todos os homens, aquele que nos ensinou a prudência, a pensar antes para não cometer erros. Estes eram os dois grandes arquétipos que separavam a humanidade: os que pensavam antes e os que pensavam depois. Por outro lado falava-nos de Pandora, esposa de Prometeu, protótipo de todas as mulheres que se tornariam mães. Pandora significava todos os dotes, dádivas.

Prometeu era filho do titã Yápeto (significava o espaço) com Clímene, e tinha como irmãos Atlas (condenado a sustentar a abóbada celeste), Menétio (significava o estúpido), que também caiu em desgraça de Zeus, e finalmente Epimeteu, já mencionado.

Hesíodo, no séc. VIII a.C. (leia-se a sua obra "A Teogonia"), contava que Prometeu, olhando todos os deuses e maravilhado com sua beleza e perfeição, construiu um boneco de barro à sua imagem e semelhança, o qual ficou tão bem feito que resolveu pedir aos deuses que o ajudassem a animá-lo. Eis que Zeus concedeu a este boneco tornar-se o humano primordial: não era nem masculino nem feminino (aqui se vê alguma semelhança com o homem de barro da Bíblia).

Os deuses presentearam este ser: Atená deu-lhe a vaidade do pavão e outros deuses deram-lhe a timidez da lebre, a coragem do leão etc. E assim foram sofisticando este "anthropos", que sempre seguia o seu criador

(Prometeu). Foram feitos vários outros bonecos – eram os humanos primordiais. Não contente com isso, Prometeu sonhou em dar-lhes o poder de criar. Roubou então o fogo dos deuses para dá-lo aos homens, pois fascinado ficou em ter um séquito a servi-lo. Ao fazê-lo, provocou a ira de Zeus, pois "...deu aos homens mais do que mereciam, deu-lhes o poder do fogo (a inteligência), mas não a medida do seu uso" (palavras atribuídas a Zeus). E com isso temos a visão arcaica sobre a ética e a justiça. Não lhes foi dado o "Metron", a Dike, (a justa medida ou a ética), e Zeus condenou Prometeu porque o fogo só poderia ser utilizado por quem tivesse a justa medida. Foi neste momento que a ira de Zeus recaiu sobre toda a humanidade, pois receberam os homens um presente injusto. Para ilustrar esta desmedida ocorreu o episódio onde Prometeu, tentando aplacar a ira de Zeus, resolveu oferecer-lhe um boi sagrado. Após matá-lo, envolveu os ossos dentro da gordura e as carnes numa pele. Colocou então os dois fardos – um maior e o outro menor – diante de Zeus e pediu-lhe que escolhesse um. Zeus decidiu pelo maior, que tinha a gordura e os ossos. Ao descobrir, enfureceu-se e acorrentou Prometeu no Cáucaso, condenando os homens à perda da imortalidade.

Prometeu era um titã (representava a Hybris, a impiedade e o desvario do poder) e contrapunha-se a Zeus (o ouro alquímico que só conhecia a verdade e a justa medida). O mito do herói pode ser definido como a busca da condição original da imortalidade perdida. Os humanos ("anthropoi", também chamados de "hermafroditas primordiais") foram divididos em masculino e feminino e essas duas partes deveriam unir-se para se completarem. A metade que se tornou o feminino recebeu de Pandora o dom da maternidade, e outros dotes que ela recebera dos deuses:

- As vestes de ouro de Atená (o recato);

- A irresistível charis (graça e sedução) de Afrodite;

- A bela voz de Apolo;

- A língua (a capacidade de maledicência, mas também o poder de guardar segredos) de Hermes.

O grande castigo de Zeus foi:

- A perda da imortalidade.

- Nada mais era gratuito, tudo se pagava na Terra – os humanos estavam condenados ao trabalho.

- Uma desgraça nunca viria só (seriam tríplices). Era o "Triton".

Aos homens restavam então dois caminhos para recuperar a imortalidade perdida:

1) A prole: para continuar na Terra suas gerações;

2) O caminho do Herói: do mortal ao herói; do herói ao Daimon; do Daimon aos deuses.

Esta foi a condenação de Zeus, sendo a base de todas as tradições iniciáticas que se conheciam na antiguidade. O homem era um simples mortal, e como herói iniciaria sua caminhada em direção à imortalidade. Teria de despertar seu Daimon e reaproximar-se dos deuses, sendo que o Daimon representava a reminiscência imortal das vidas passadas, que o homem acumulara ao longo de suas trajetórias, e a perda da imortalidade significava que estava condenado a ir e vir nesta Terra tantas vezes quantas necessárias, até que se libertasse completamente das garras e malhas do destino e pudesse transcender.

Este caminho do herói, portanto, era o caminho de conquista da imortalidade. O Daimon nada mais era que esta essência que lentamente se acumulava em nossa parte imortal. Diziam os antigos que se acumulava o ouro em nossa psiquê, e este processo de depuração seria o caminho do herói para sua imortalidade. Assim, a justificativa para a tradição do mito do herói era esta reconquista. Era preciso despertar o Daimon, despertar dentro de si essa energia com "pathos", ou seja, aquilo que se fazia com toda a paixão. Daí os rituais dionisíacos terem tido tanta importância na antiguidade – serviam para a descoberta da essência, aquilo que era imortal – para despertar o que estava adormecido. Eram os talentos que deveriam ser agora elaborados até atingirem o nível da "aretê" (a excelência semelhante aos deuses). Esta era a função que se encontrava no teatro e na Paideia: estavam voltados para esse processo de "heroificação", que era a arte de transformar os homens mortais em imortais, e esta arte tinha um pilar central, que era formado pela ética e pela estética.

Quanto à liberdade e o destino do herói, tanto em Homero quanto em Hesíodo encontramos que seu destino estava em harmonia com a ordem cósmica e por isso os deuses o protegiam. Ninguém o ensinava, era a voz interior (voz de Apolo) que deveria lhe dizer, e nesse momento os deuses dispensavam-lhe proteção. Este destino era manifesto na estética e na ética, que não podiam se separar e que só eram compreensíveis à sua luz.

Para os antigos, praticar a ética era um ato estético e vice-versa, não sendo possível separar uma da outra (diferentemente do que hoje se observa). Por aí entendemos como a arte grega atingiu o pináculo que conhecemos, pois tinha uma função estética e ética (ou sagrada) ao mesmo tempo. A formação do indivíduo era radicalmente ética, e não "logos" (o moderno e aristotélico da razão pela razão). Este "logos formal" apareceu com os sofistas, marcando a separação da Atenas decadente do final do século V a.C. com a tradição arcaica.

A manifestação da ética e da estética era acima de tudo poética (o enunciar da voz divina). Esta era a mais elevada das artes heróicas, a delicadeza da alma, a voz de Apolo, da verdade interior e da intuição. Para a tradição helênica, a intuição era um elemento divino que deveria ser desenvolvido pelo homem. Aí estava o "ethos" fundamental, o anseio espiritual – atingir a própria perfeição era atingir o divino. A realização deste destino era a consecução de sua liberdade, sendo ela feita para realizá-lo. Diziam o antigos que "o destino acalenta quem o segue e arrasta quem o nega". Os deuses nada impunham, eles apenas sugeriam ao homem o caminho do herói. Não se tratava de uma imposição, mas de uma possibilidade do ser. Mas se havia um sentido, um caminho cósmico, que era vencer a Esfinge (aquela que sufocava); este era o caminho do herói. A arte superava qualquer ensino racional ou intelectual da verdade e não poderia existir uma verdade que não fosse iluminada e criadora. Para o pensamento arcaico, a intuição precedia a razão. A razão em si mesma, as regras e os silogismos, eram vistos como técnicas, e não como fontes da verdade.

O caminho do herói para a reconquista de si próprio passava necessariamente pela poética. Aqui vemos a importância da palavra entusiasmo (en-theos – o deus que entra e nos ilumina). Somente no entusiasmo é que a criação poderia se manifestar. O herói era aquele que, ao descobrir seu Daimon, unia o passado ao futuro através do presente, e por isso tornava-se imortal. Não tinha mais passado, nem presente nem futuro, pois havia transcendido. E o que era unir o passado, senão glorificar a tradição anterior e levá-la evoluída para o futuro, a cada momento? Presente, passado e futuro num só tempo – esta era a reconquista da eternidade.

Aqui encontramos o elo: poeta (manifestação presente, mito, passado), educação (projetar-se para frente). Os mitos eram os ideais – a epopéia os descrevia, e a honra e o exemplo eram os instrumentos através dos quais o herói reconquistaria e aperfeiçoaria seu Daimon. Por isso, para os antigos não havia maior glória do que morrer, mas não inutilmente. Como exemplo, vemos Aquiles morrer consciente de que a missão que escolheu era o seu caminho para a morte e aceitou-a, pois era o caminho de sua glória e honra.

Os mitos traziam também a arte pedagógica, pois todos eram paradigmáticos. Para os antigos, havia sempre uma questão presente: as forças divinas (Dike) e as que se lhe opunham (as forças abissais e do desvario, que pertenciam ao Tártaro). Esta oposição estava presente em toda a pedagogia e formação do indivíduo. Qual era então a função das provas para o herói? A honra e a dignidade frente às forças abissais – esta era a temática constante. Eram os monstros que enfrentava, como, por exemplo, o javali de Erimanto, que significava aquele que não conhecia fronteiras, que não obedecia aos limites – este era o monstro a ser vencido. Não era possível o ser civilizado quem não respeitasse os limites do outro, principalmente quando não respeitasse seus próprios limites frente ao outro. A simbólica era clara: esta força abissal era nossa, estava em nós. E assim sucessivamente, todos (os monstros) tinham tais características.

Na Hydra de Lerna, a mesma luta se desenrolava com outros símbolos (Hydra: monstro aquático). E por que nove cabeças, sendo uma imortal? Porque, como nos lembraria Sócrates, os vícios eram imortais. Uma cabeça sempre renascia, e era preciso pôr uma pedra sobre ela (a pedra era o símbolo de Hermes). Ele estava lá e lhe oferecia uma pedra para enterrar esta cabeça. "O exercício da virtude é a eterna vigilância do vício" (Sócrates). Vencer as cabeças era vigiar esta última, que era imortal. Assim é que eram entendidas as forças divinas por oposição às abissais: eterna luta, ou seja, a história do herói onde a labuta era uma constante.

Para os helênicos, as forças da ética (e estética) eram cósmicas. Não meras convenções, mas leis do ser. Eram aquilo que chamavam de "direito natural cósmico" (vê-se esta questão com clareza na tragédia grega "Antígona", de Sófocles). Qualquer ação deveria ser encarada de dois pontos de vista: o humano e o divino. Homero, na Ilíada, mostrou-nos como a vontade dos deuses era inacessível à miopia humana. Quantos não tombaram na Ilíada tolamente, acreditando serem heróis, mas não eram. Este sentido ético implacável deveria ser redescoberto pelo herói, e para nós este é um grande desafio, pois exige a descoberta da voz interior que, pela tradição antiga, só era possível através da superação dos limites dos elementos básicos (terra, fogo, ar e água), que deveriam ser transcendidos.

O herói na verdade era um bode expiatório, pois expiava pelos outros. Morria para ensinar ou salvar princípios éticos e estéticos. O temor do bode expiatório é uma constante em nossa vida, pois a condição mortal traz-nos esta idéia, que se transformou na tradição judaico-cristã como o pecado original. Nada mais é do que a morte (sem merecer) do outro para que eu possa viver (sem merecer), e a culpa consequente: o herói tentava livrar-nos deste ciclo, sendo o seu caminho uma promessa de que se poderia atingir o fim dos ciclos de nascer e renascer e, mais do que tudo, podermos alcançar uma existência mais justa e digna neste planeta chamado Terra.

2 • OS OUTROS HERÓIS E A EDUCAÇÃO DO INSTINTO. AS PROVAS ALQUÍMICAS DO OURO, BRONZE, PRATA, FERRO E DO DESCARTÁVEL. A GEOMETRIA SAGRADA DAS PIRÂMIDES

Havia outros heróis na tradição grega arcaica, sendo Hércules o mais famoso. A sua função estava vinculada à Paideia arcaica: formar um homem à imagem e semelhança dos deuses. O homem não é nada, ele pode vir a ser, e é árdua a construção. Este vir a ser é o grande desafio, só que diferentemente do construtivismo de Jean Piaget, que buscou a resposta da educação no positivismo lógico e no intelectualismo – veja-se "A Psicologia da Inteligência" –, o pensamento arcaico buscou a resposta para formar este homem semelhante aos deuses no aperfeiçoamento do instinto transformado no mais elevado sentimento ético. A depuração do instinto significava dirigir o homem para a vida, e não para a morte.

Veja-se a palavra "estética" e o seu significado: "estos" + ética – significa sentimento depurado, ou seja, sentimento elevado. Já "ethos" (daí vem a palavra "ética") quer dizer "o estado de alma que aproxima os homens dos deuses". A ordem seria esta: do instinto ("enstos", em grego) para o sentimento ("estos", de onde vem a palavra "estima", em português), e do sentimento para a ética ("ethos"). Este era o caminho a ser percorrido pelo Herói. Não estava em jogo a questão da inteligência. Ela era importante, mas viria depois. Sócrates salientava que, para a conquista da virtude, havia pouco tempo, mas para o conhecimento e a inteligência, a vida toda. Se o conhecimento podia ser adquirido durante toda a vida, o vício e a mentira teriam de ser abordados cedo, pois logo se instalavam e nunca mais seriam erradicados.

O herói tinha a função de tornar possível o caminho do instinto para o sentimento, e do sentimento para a ética. Assim, este era o caminho proposto: do "enstos" para o "estos", e do "estos" para o "ethos". Recordemos que "ethos" era o estado da alma que aproximava o homem dos deuses – era a verdadeira ética. Era o estado de alma onde se irradiava a verdade e privilegiava a vida, e não a morte. Seria esse o status da formação helênica onde o herói passaria a ocupar o lugar central, pois ele era inacabado. Sua história era uma história de aperfeiçoamento, como nossa própria vida, que deveria ser modelada. Era alguém que lutava e tinha vícios e virtudes, erros e acertos. Todos os heróis se caracterizavam por cometerem grandes erros e por isso era possível acompanhar sua luta para se redimirem dessas falhas e repará-las. Estavam, portanto, próximos da condição humana e, mais ainda, dos jovens. Vemos aqui uma abordagem psicopedagógica da maior importância – é o herói estando no mesmo patamar que o jovem. Abria assim as portas para livrar-se da degeneração do ferro e ir em direção à regeneração alquímica do ouro. O herói fazia o caminho oposto e, com todas as limitações da idade do ferro, lutava para chegar ao ouro alquímico, à eternidade (o ouro simbolizava a reconquista da imortalidade, algo como o paraíso perdido da nossa tradição). Esta luta passava por duas grandes provas que abordaremos aqui.

A primeira era a prova do bronze, que significava obter algum poder e vencer a tentação de fazer justiça com as próprias mãos. A segunda era a prova da prata, que significava conquistar muito poder e vencer a tentação de dirigir os destinos da humanidade, de modo frequentemente devastador (veja-se Hitler, Napoleão, e tantas perseguições e conflitos chamados santos, como as Cruzadas, a Inquisição etc.)

O homem de ferro, tão logo ascendesse, encontraria o desafio de bronze, que como dissemos, representava a lei por suas próprias mãos, fazendo de sua força ou de suas crenças a lei de todos. Com o mínimo de autoridade conferida, seja ela do conhecimento, do poder material ou de uma fé fanática qualquer, alguém que não a mereça pode produzir uma catástrofe. Esta é a educação consumista de hoje, que torna o homem um selvagem.

Paulo Freire abordou bem esta questão com a teoria do oprimido e do opressor. De nada adiantará construir uma nação com uma boa condição econômica sem ética. Esse é o desastre deste modelo, seja ele neoliberal, capitalista ou mesmo social democrata: dar uma boa condição material para todos poderem adquirir de tudo. O homem assim "educado" é um analfabeto ética e espiritualmente. Não se interessa por dignidade, cultura e respeito. Vai aos shoppings para comprar o que puder. Achase superior quanto mais dinheiro tiver; impõe-se pela força do dinheiro. Outros ainda adotam uma crença qualquer e querem impô-la a qualquer custo aos outros. São os fanáticos fabricantes de religiões e seitas. Essa era a prova do bronze. Trocando em miúdos, é a nossa modernidade.

Se, no entanto, passasse por esta prova e ascendesse a um poder maior, poderia de fato tornar-se perigoso. Ascenderia agora à prata, que sempre representou um poder quase que próximo dos deuses, um poder sobre muitos. São os generais e presidentes, são os fanáticos em geral. São homens que obtiveram um poder extraordinário e que podem por em perigo a própria humanidade ou ainda uma nação.

O ferro representava a última degeneração das raças. Fomos criados em uma idade primordial, segundo as tradições arcaicas, na idade do ouro (seria o paraíso bíblico). Os homens, unidos aos Titãs, quiseram destruir a justa medida, ou seja, os deuses. Queriam o poder, mas não a medida do seu uso. É esta a raça que foi destruída pelo dilúvio e foi chamada de raça de prata ou idade da prata. Dizia a tradição que Zeus criou ainda uma nova raça. Esta foi a raça de bronze, que se autodestruiu porque cada um queria exercer as leis com suas próprias mãos – imperava a discórdia. A idade do ferro era a raça dos mortais, que somos nós: nascemos, crescemos, envelhecemos e morremos. "Dia virá onde os homens já nascerão velhos" (Hesíodo, "Os Trabalhos e os Dias", séc. VIII a.C.). Esta seria a raça dos descartáveis, a raça de plástico, que hoje vivemos. Tudo não dura mais que alguns minutos, sendo superado por algo mais novo – e nós estamos incluídos nesta antropofagia. Lutamos para viver cada vez mais, mas pobre de quem passou dos trinta anos: deve ser descartado por "algo" mais novo... (sic).

Eis o desafio que era proposto pela geometria das Pirâmides: transformar o quadrilátero da matéria – que seria a base da pirâmide – no triângulo do espírito, que eram os lados da pirâmide e indicavam ascensão.

A base da pirâmide representava os quatro princípios fundamentais da matéria, dos quais somos constituídos: água, terra, fogo e ar. Qualquer um dos lados (que eram símbolos e caminhos zodiacais) levaria para cima – era o triângulo da pirâmide. Todos os caminhos seja a terra, o fogo, a água ou o ar, poderiam levar ao triângulo da espiritualidade, ou seja, à ascensão. Cada triângulo representaria o três sagrado, que era o nobre, o bom e o belo. Eram as três forças da espiritualidade, que transformavam a matéria em espírito. Os alquimistas falavam da quadratura do círculo, porque no topo da pirâmide estava uma esfera de ouro, símbolo do divino e do eterno. De qualquer lado se poderia ascender. O poder da pirâmide estava na prática da nobreza, da beleza e da bondade, sendo o caminho do herói a sua escalada em direção à imortalidade. Assim, na tradição egípcia, havia heróis da mesma maneira que depois haveria na tradição helênica. Tratava-se da saga de Ísis e Osíris, que lutavam para trazer o homem de volta para os deuses. Seu mito referia-se também ao afastamento entre homens e deuses. Após o desvario dos homens (Hybris), o deus supremo, Amon-Rá, enviou para a Terra seus dois filhos para que pudessem espalhar a bondade e aproximar os homens dos deuses. Ísis espalhou a fertilidade, Osíris partiu em sua busca também, mas, com sua bondade, despertou a fúria dos Titãs, que acabaram por despedaçá-lo.

Ísis, percorrendo os quatro cantos do Egito, recolheu os pedaços de Osíris e reunificou-os. Conseguiu recuperar todo o corpo, menos o falo, fazendo então um simulacro de madeira para completá-lo. Daí adveio a tradição de que a múmia teria de estar completa. Este mito simbolizava que teríamos que usar tudo que possuímos para nos aperfeiçoarmos. De cada pedaço ela espalhou a fertilidade, e assim cada templo representava uma parte do corpo de Osíris. O genital representava o fertilizar da terra – os deuses entregaram sua fecundidade a ela.

O mito era o protótipo mais elevado dos mitos heróicos – era o mito messiânico. Os deuses enviam um filho para a Terra para sofrer. É despedaçado, mas ele insiste e propõe um retorno aos deuses. Isto é o que todas as tradições messiânicas ensinam até hoje: um retorno e a coragem de enfrentar o bronze e a prata, e por isso todas pregam o despojamento, a coragem e a humildade. De outra forma não será possível passar nas provas. Moisés, Cristo, Buda, Maomé etc. são o ouro, são os que trazem o claro, que nos levará de volta aos deuses. Todas as tradições antigas procuravam levar o homem para este caminho – era o que representava o ouro, o imortal, a justa medida (Dike) e a criação.

Não competia aos homens apenas descobrir seu destino e cumpri-lo, mas também a coragem de viver a vida com dignidade e honra. Nunca existiu na história da humanidade uma educação tão poderosa e tão voltada para a honra, chegando ao ponto em que o jovem era ensinado que se não fosse possível levar uma vida digna e honrada, melhor seria a morte. Não bastava descobrir seu destino a cumprir; era preciso a coragem de cumpri-lo. E mais ainda, era preciso ter a coragem de levá-lo até o fim com dignidade.

Esta questão toca num ponto fundamental que encontramos na Ilíada: se não fosse possível viver com total dignidade seria melhor a morte, pois o herói era aquele que não a temia. Não era aquele apaixonado pela vida, mas o apaixonado pelo destino que revelava a sua verdade. E para ele era tão claro que realizar o destino era ser verdadeiro, que era preferível a morte se não pudesse realizá-lo.

Destino e verdade coincidiam na Paideia. Tornar-se si próprio era realizar seu destino e ser si próprio era idêntico a ser verdadeiro. O samurai, na tradição oriental, e a arte cavalheiresca do arqueiro Zen trazem a mesma orientação: ou a verdade ou a morte. A verdade é o ouro, que é igual à coragem de ser seu próprio destino.

Podemos nos perguntar a esta altura se o ambiente, e especialmente nossos pais, não determinariam nosso destino. Em "Édipo Rei" e "Édipo em Colono", de Sófocles, vemos claramente essa ambiguidade. Édipo, em certo momento, pergunta: "Por que eu? O que eu fiz para nascer de pais malditos?" (leia-se também a esse respeito "Édipo: Messias ou Complexo?", de minha autoria) Seus pais eram malditos porque nasceram sob a maldição de Apolo, que determinou que não deixariam descendentes após sua geração. "Eu, que nada fiz, estou condenado antes mesmo de nascer. Eu matei meu pai, mas não sabia quem era. Não me deram o direito de conhecê-lo. Deitei com minha mãe; ela sabia quem eu era, mas eu não." Esta é a grande tragédia de Édipo. Ele se tornou parricida e incestuoso sem saber. E teve pais malditos sem que tivesse escolha. Na verdade, eis a tragédia humana e a diferença entre homens e deuses. Os deuses estão acima da tragédia, mas nós somos a própria tragédia. Somos interrogação e ambiguidade durante toda a nossa existência. E vamos até certo ponto

– acima dele, querer responder é tocar o inefável, ou o irrespondível. É o mistério do por que nascemos, quem somos. Em Édipo, essa questão atinge proporções devastadoras – é o miasma cósmico. Todos nós descendemos desses homens que traíram os deuses (novamente a questão do pecado original); praticaram (e praticamos) o desvario, e pagamos por isso.

A humanidade é uma coisa só. A individualidade é uma forma relativa desse processo do qual nós coparticipamos, queiramos ou não. O individualismo iluminista não foi senão uma tentativa desvairada de superarmos essa condição. A tradição hindu, chinesa, enfim, toda a filosofia oriental deixa isso claro – a busca da harmonia cósmica tem um papel maior, e não estamos desvinculados dela. Não estamos à toa, somos parte desse processo, seja para as coisas boas, seja para as más.

E podemos libertar-nos dessa condição? Até certo ponto podemos e devemos, mas será uma longa luta pelo caminho heroico, que se sugere aos homens. Os antigos conheciam perfeitamente bem a questão da liberdade individual. Ela foi feita, segundo os deuses, para cumprirmos nosso destino, mas alguns homens usaramna para se afastar dele – o livre arbítrio coexistia com a questão do destino. O destino não era uma obrigação, era um abraçar, uma escolha íntima. Os homens poderiam se aproximar dos deuses ou se afastar de si próprios e dos outros. Édipo era o herói mais bem acabado porque, sendo o mais maldito dos homens, tornou-se um imortal.

Outro herói, Perseu, foi colocado a serviço da deusa Atená (deusa da sabedoria), que representava o caminho do jovem para a conquista da intuição e da sabedoria. Era aquele que poderia percorrer o caminho em direção aos deuses. Claro que o conhecimento era fundamental – sem ele, nada poderia ser feito –, mas não se tratava de um conhecimento meramente intelectual, e sim de algo que deveria ser conquistado na medida em que se alcançasse a libertação pela luz de Apolo, que era a intuição e a sensibilidade. Este sim era o verdadeiro conhecimento (a chamada sabedoria).

Perseu percorreu um longo caminho para vencer a Medusa, que era aquela que tinha os cabelos de serpente e os olhos que petrificavam. Mas o que representavam esses olhos e cabelos para a questão do conhecimento? Por que o jovem tinha que vencer primeiro essa tarefa? Tratava-se de vencer o medo do desconhecido. O primeiro passo do conhecimento não estava nos livros, mas no estranho e no diverso, que alimentariam o preconceito e o medo se não fossem vencidos. Não poderia existir homem civilizado com temores e preconceitos – este seria o falso sábio. A Medusa petrificava com o olhar na exata medida em que se impunha o medo do outro, paralisando. É a paralisia que ocorre quando não aceitamos outros costumes, valores e culturas diversas. E o que fazemos? Rejeitamos, matamos, enfim, nós somos a Medusa quando o diverso é rejeitado, pois é mais fácil matar o desconhecido do que aceitá-lo e tentar reconhecê-lo. Assim age o ignorante, mas o homem lúcido e sábio percorre o caminho de Perseu quando enfrenta a Medusa com um escudo, que age como um espelho e reflete: é a re-flexão. Reflete para compreender. Assim pode sair de si e entrar no outro, que é o desconhecido. Neste ato simbólico, vemos o primeiro caminho que o jovem terá que percorrer em direção ao novo, e as provas serão as mais diversas, mas todas levarão ao desconhecido por excelência, que é o outro, até que se possa vencer o terror do outro. Daí a razão de ela representar a ameaça da morte nos olhos, na antiguidade.

Veja-se, por exemplo, um trecho da letra que Caetano Veloso escreveu em “Sampa”: “Narciso acha feio tudo que não é espelho”. Alude ao fato de que é preciso vencer o Narciso que nos habita. Não é possível a evolução se permanecermos narcisistas, pois só se admite o que é idêntico a si próprio. Perseu era, talvez, o herói mais psicológico da antiguidade. Ele conduzia a psiquê e, com muita sabedoria, mostrava que ela só poderia começar seu caminho quando vencesse o narcisismo, pois se não saísse de dentro de si não iria a lugar algum. Este era o herói dos jovens, que mostrava o caminho para se vencer o terror do outro, aquilo que os antigos chamavam de “a morte nos olhos”.

A Medusa representava a incursão nos bosques sagrados de Ártemis (deusa protetora do sagrado da natureza). Isto por que ali estavam os grandes segredos da natureza, e era também a viagem na grande aventura do desconhecido que o jovem fazia e que estava associada às leis de Ártemis, a conhecer o outro como algo sagrado, e não para massacrá-lo. Que maneira bela e mítica de se vencer o narcisismo!

Se não vencesse o medo pelo outro, nunca se apaixonaria por ele. E como poderia nascer o amor pelo outro, a verdadeira relação de respeito e de amizade, se ele representasse perigo? Era o olhar que petrificava de medo, que a Medusa representava.

Outro herói juvenil era Teseu, que teve de realizar uma grande aventura: matar o Minotauro. Héracles matou o touro de Creta, que era o pai do Minotauro, tendo sido aquele o touro pelo qual Parsifae (esposa de Minos, rei de Creta) se apaixonou e de cujo conúbio nasceu o Minotauro, que se alimentava de carne humana e foi aprisionado no labirinto. Mas o que representava o Minotauro, esse monstro antropófago? Ele era exatamente aquilo que um jovem não poderia ser e contra o qual teria que lutar. Tinha o corpo humano e a cabeça do touro, sendo o oposto do caminho do herói, que deveria ser a cabeça humana com os chifres de ouro e o corpo de touro, que representava saúde e solidez de alma, e não força física (os minóicos sempre representaram o touro com os chifres de ouro, o que significava a superação da brutalidade e da estupidez dos chifres em direção à sabedoria – até hoje falamos "bater com a cabeça" para os incautos).

O caminho do homem era vencer o Minotauro – luz na cabeça, saúde e moderação no corpo. O touro era o animal a se vencer dentro de nós, sendo considerado antropófago porque simbolicamente devora a nós e aos outros (é o narcisismo mais uma vez). É a prova iniciática para vencermos o homem animal que nos habita e que nos devora. É o tema de vir a ser verdadeiramente civilizado: aprender a amar a si e ao outro, e não a saquear e devorar. Teseu encontrou a ajuda de uma princesa chamada Ariadne, a qual lhe deu um novelo que ele foi desenrolando ao entrar no labirinto, conseguindo assim encontrar o caminho de volta.

Isso representava achar o caminho da existência, o sentido da vida. Este caminho precisaria do outro, desse ato social, desse encontro, para nos completarmos e encontrarmos o destino. Era "o fio de Ariadne", que representava o fio da vida, o fio do mistério da existência. Caminhava não só na direção de vencer o narcisismo, mas para mostrar que o caminho do homem era completar-se. Sem essa complementaridade, que se encontra no respeito, na tolerância e no amor, não poderia Teseu encontrar seu destino e cumpri-lo. Eis duas belas lições para a arte de amar: aquele que tem preconceitos e medos e é intolerante não poderá amar, somente odiar. Quem não sabe amar o outro se perderá no seu narcisismo. É sempre triste constatar o fim de um narcisista, que ao ver a sua bela parte material se esvaindo na velhice torna-se insuportável para si e para os outros.

Vejamos finalmente o significado do mito de Orfeu e Eurídice – a famosa descida aos infernos. Eram heróis religiosos e representavam na antiguidade a transposição da tradição egípcia para a Grécia, sendo que Orfeu foi iniciado no Egito. Com Eurídice, a sua amada, eram o que havia de mais elevado na tradição arcaica. A etimologia do nome Eurídice é reveladora: "euris" representava encontro, e daí veio a palavra "eureka", tão conhecida nossa; "dice" (Dike) representava a Justa Medida – Eurídice era aquela que veio para encontrar a ética dos deuses. Tratava-se de uma heroína aperfeiçoada, acabada. Tinha a alma pura e cumprira a sua missão.

Já a etimologia de Orfeu, que é de origem sânscrita, também é reveladora. Orfeu veio de: "aour", que queria dizer luz, e "rophae", que significava curar. Portanto, era aquele que veio curar pela luz. E se apaixonou por aquela que lhe fez encontrar a Justa Medida. Representava este mito o advir do Messias e da Messias – eram o par complementar de que falávamos.

Nos pedestais consagrados a Orfeu e Eurídice estava assim escrito: "Orfeu, liberta tua alma prisioneira, encontra Eurídice." Ela representava o ideal libertador, que seria um homem encontrar e se completar numa mulher, e vice-versa. Mas não apenas isso: tratava-se de um ideal libertador que cada um deveria encontrar dentro de si. Cada um de nós conteria uma Eurídice, devendo libertá-la. Mas o que queria dizer isso? Significava que tínhamos aprisionado em nosso interior o que nos impediria de realizarmos nosso destino, ou seja, todos os nossos talentos e potencialidades guardados, que assim permaneceriam desconhecidos até que os libertássemos. Era ainda o mistério que estaria em nós. A libertação da alma prisioneira era, portanto, o primeiro desafio do jovem para que ele pudesse adentrar o caminho do herói.

EPÍLOGO

OS JOGOS - SEU SIGNIFICADO E FUNÇÃO

Os jogos tinham dupla função: comemoravam a vida e consagravam a morte. Quando um herói morria, eram celebrados jogos em sua memória. Neste sentido, tinham semelhança com o teatro – vida e morte apareciam interligadas. Para os antigos, a morte era o ato de glorificação, e por isso dividiam a função dos jogos entre os que celebravam a vida e os fúnebres – tinham ambos função religiosa.

Os jogos eram eminentemente sagrados e representavam a possibilidade de tornar-se semelhante aos deuses. Por isso, o prêmio era simbólico: uma coroa de louros, mirto, ramo de oliveira etc. As árvores eram consagradas aos deuses, e por isso receber algo delas era uma coisa divina. "A árvore tem tanta certeza de si, que não precisa sair do lugar", dizia Confúcio. E para os antigos, era um ser evoluído, advindo daí tantas referências: o carvalho em Dódona, a oliveira na Acrópole etc.

Veja-se o mito do rei Erisicton, que comeu a si mesmo para saciar a fome que o invadiu como castigo por ter cortado um carvalho do bosque sagrado de Deméter. O respeito à natureza, quando não observado assemelha-se ao fato de comer a si mesmo.

Os jogos eram dedicados a todos os deuses, e não só a Zeus (Jogos Olímpicos), com exceção de Ares, que não era reverenciado na Grécia, sendo este o deus de bronze, da guerra. Hades, por sua característica, (reino dos mortos) era comemorado com o silêncio (nos mistérios de Elêusis). Passemos a uma breve e incompleta descrição dos mais importantes:

Os Jogos Olímpicos: eram dedicados a Zeus e foram inaugurados para comemorar a vitória contra os Titãs e glorificar a Titanomaquia (luta entre os deuses da Justa Medida e os ímpios). A era criadora de Zeus era assim comemorada, e eram jogos dedicados à glorificação do corpo (ginastas) e do espírito (concursos de dança, canto, poesia e disputa argumental). O prêmio era um ramo de murta. Eram realizados a cada quatro anos, e tudo indica que vieram em continuação aos jogos Krônios.

Os Jogos Héreos: eram dedicados à deusa Hera. Eram vários jogos, divididos em três grandes ocasiões durante o ano. Um dos grandes centros de culto de Hera foi a cidade de Argos, onde também havia jogos dedicados aos filhos de Medéia. Parece que estas crianças foram mortas no templo de Hera, o que constituiu grande profanação, uma vez que nos templos não se podia nascer nem morrer – eram locais de imortalidade. Portanto, esses jogos aconteciam para purificar o acontecimento. Olímpia também foi local de culto a Hera – lá se praticavam jogos em sua homenagem, alternados com os olímpicos –, sendo lá que se encontrou a famosa estátua de Hermes, de Praxíteles. Havia também as Kalístias, concursos de beleza onde só as mulheres podiam participar.

Os Jogos Panatenáicos: antes de Teseu eram chamados Atenáicos. Teseu unificou as doze regiões da Ática e fez de Atenas a grande (pan: o todo). Sua origem veio de Erecteu (filho adotivo da deusa Atená), e eram dedicados a Atená Políade (aquela que protege a cidade). O mito conta-nos que Atená, vencedora da disputa com Posseidon, tornou-se a protetora da cidade, e em sua glória foram inaugurados estes jogos.

Por ocasião dos primeiros jogos, relatava o mito, Atená teria conduzido uma quadriga e ensinado aos atenienses a arte de dirigi-la, sendo este o concurso de abertura. Eram comemorados a cada quatro anos, mas havia os pequenos jogos, que eram anuais. Além dos vários concursos conhecidos, havia o de cantar os versos de Homero. Também se comemorava a vitória de Atená na Titanomaquia – a vitória da equidade e da justiça. Um grande momento destes jogos pertencia às mulheres quando, no décimo dia, se dava o encerramento e escolhiam-se as jovens mais belas, as quais levariam o peplo até os Propileus – era a entrada do templo de Atená, o Parthenon. Observe-se que as mulheres tinham papel atuante nos jogos, o que deixou de ocorrer após o séc.V, quando foram proibidas de participar. Ainda na Beócia faziam-se jogos dedicados a Atená, os Panteóticos.

Os Jogos dedicados a Apolo:

a) *Jogos Píticos ou Délficos*: comemoravam a morte da serpente Píton (aquela que enegrecia tudo que tocasse, e representava o tartáreo, o oposto da luz). O Ônfalon era a pedra sagrada que representava a vitória da luz sobre o tartáreo, a escuridão da ignorância. Celebravam esta vitória, e no início aconteciam a cada nove anos (os pequenos jogos eram anuais). Depois, com o acréscimo de ginastas e hipismo, passaram a ser a cada cinco anos.

b) *Jogos Yakíntios*: Jacinto era um jovem efebo amado por Apolo que morreu por ciúme de Bóreas, o qual também por Apolo se havia enamorado. Estes duravam três dias e tinham grande importância para os antigos, sendo um acontecimento nacional. Jacinto representava a iluminação de Apolo que foi perdida, e no primeiro dia das festas eram entoados cânticos pela sua morte. No segundo dia eram realizados rituais de ressurreição e concursos que se estendiam até o final do terceiro dia. Os ritos de morte e ressurreição eram encontrados com frequência nestes jogos e reviviam a tradição da metempsicose (regeneração, reencarnação).

c) *Os Jogos Cárneos*: Provinham de Carno – filho de Zeus e Europa –, que recebeu de Apolo a arte divinatória (dada somente a ele e a Cassandra). Eram certames musicais e poéticos, sendo esta a tônica dos Jogos Apolíneos (voz de Apolo, voz da iluminação). Eram considerados na antiguidade como os certames mais elevados e a mais alta das artes. Ofereciam como prêmio a coroa de louros. Além de Delfos, eram celebrados com grande pompa também em Mileto. Na Ásia Menor, havia duas cidades que se constituíam em importantes centros culturais, Mileto e Éfeso, mas as informações que nos restaram são poucas.

Os Jogos dedicados a Ártemis: seu culto estava intimamente associado ao de seu irmão Apolo e, por conseguinte, suas festas também. Havia uma, da qual nos restaram poucos dados, que era realizada no seu templo em Éfeso. Havia também as Braurônias, festas especiais das quais não restaram registros.

Os Jogos dedicados a Hermes: eram as Hérmeas, jogos exclusivamente para adolescentes; eram muito populares e aconteciam em quase todas as cidades.

Os Jogos dedicados a Afrodite: não se pode esquecer que para a civilização helênica o erotismo – em seu sentido arcaico – e a sexualidade eram sagrados e onipresentes. Por isso, as festas dedicadas a Afrodite tinham um aspecto erótico de grande importância. Eram eles:

a) *As Adonias*: de Adônis, jovem e belo mortal que foi seduzido por Afrodite. Suas festas tinham caráter nacional e eram das mais populares Contavam com a participação de grande parte da população, tendo caráter dionisíaco e teatral. Eram na verdade uma forma de encenação: "Quando se compete, faz-se de conta que se é Deus" (Píndaro). No primeiro dia das Adonias encenava-se a morte de Adônis, e aqui se vê o seu caráter pedagógico. No segundo dia havia rituais de ressurreição – "O belo não pode morrer, deve ressurgir." (Píndaro). A palavra Adônis veio do oriente (Adonai), que significava Deus, em hebraico. O mito de Adônis era antípoda ao mito de Narciso, pois tratava do belo que se entrega. Daí compreende-se a importância dessa festa. Era a comemoração do amor de uma deusa por um mortal, sendo que comemoravam também a glória da unificação dos imortais com os mortais, daí o ritual de ressurreição.

b) *As grandes festas de Pafos*: aconteciam em Chipre (Afrodite também era chamada de "a Chipria"), onde eram comemorados os mistérios. Eram festas de sexualidade sagrada, que se acompanhavam da entrega da virgindade por parte dos rapazes e das moças. O culto vinha de Astarte (deusa babilônica do amor), onde deveriam, uma vez na vida, se entregar a alguém desconhecido no templo de Afrodite. Esta era uma função sexual sagrada, pois o desconhecido era considerado como o deus possível. O divino estava sempre no desconhecido.

Havia festas importantes também em Argos e Tebas. Os concursos principais eram os de troca de papéis, onde os homens vestiam-se de mulheres e viceversa. Revivia-se o aspecto arquetípico do conhecimento do masculino e feminino. Eram elas:

As Hermafroditias: eram festas nacionais, onde os grandes concursos também eram o de inversão de papéis, uma vez que o objetivo era o masculino aprender a conhecer o feminino, e vice-versa.

As Hibrísticas (significava "aqueles que buscam"): aconteciam em Argos, e eram dedicadas à busca do outro, o oposto e complementar.

As Erotídeas: eram dedicadas a Eros, celebradas a cada cinco anos no monte Hélicon, tendo concursos ginásticos, poéticos e musicais.

Todos os jogos, como já dissemos, eram festas sagradas. Celebravam o culto a Mnemosine (glorificação do eterno e imortal) e visavam perpetuar a tradição. O culto propriamente dito era composto por três partes: Rito, Renascimento e Jogos. Durante essas festas havia regras e não se admitia, por exemplo, a presença de um cidadão de quem houvesse suspeita de crime ou delito. Não se podia prender ninguém, sendo período de iniciação. A peregrinação era considerada atividade sacra, fazendo parte dos rituais e das festas

Os Jogos de Héfestos: aconteciam a cada cinco anos para os jovens, já que ele era o deus das ferramentas e das artes com metal, sendo seu símbolo o bronze. Havia também as *Cabírias*, dos cabiros, guerreiros que trabalhavam para Héfestos e que cuidaram de Zeus quando este foi escondido de seu pai.

Héstia não era comemorada com festas. Era uma deusa glorificada no fogo sagrado do dia a dia, e estava sempre presente no lar e na cidade. Era a deusa que protegia a cidade, e o guardador desse fogo recebia o nome de Prítanis – palavra que no grego moderno significa "reitor" (sic).

Jogos dedicados a Posseidon: os jogos hípicos eram os mais brilhantes e aconteciam em Corinto. Havia também os musicais, onde se recebia como prêmio ramos de pinho ou mirto. Estas festas, fundadas por Teseu em 1259 a.C., são a data mais antiga de que se tem registro de jogos.

Os Jogos consagrados a Dioniso e Deméter:

As célebres Dionisíacas, cuja mola mestra era a tragédia: havia as Dionisíacas urbanas, que duravam seis dias, onde eram realizados cultos com grandes concursos e as tragédias.

As Lenianas (pequenas dionisíacas no campo, de caráter local): eram festas para os agricultores que não podiam ir à cidade, sendo realizadas num "platos" (local plano) no campo, protegido por árvores, por volta da época da floração de inverno. (janeiro/dezembro). Daí originou-se o nome "plateia".

As Tesmofórias, festa consagrada a Deméter: era a grande ida sagrada a Eleusias. Havia festividades específicas para as mulheres casadas, com troca de informações e segredos durante um banquete onde eram servidos pães e bolos com formatos de órgãos genitais masculinos e femininos. Era um momento especial para as mulheres, com grande diversão.

As Carestias: eram dedicadas às três Cárites e eram festas noturnas de canto e dança. Não dispomos de maiores informações, infelizmente.

As Ílias: eram consagradas ao deus Ílion (o Sol).

A lista não é completa, mas nos dá uma pequena idéia do que significava viver em permanente entusiasmo, algo esquecido na modernidade.

APÊNDICE

O SIGNIFICADO DOS DOZE DEUSES E SUA FUNÇÃO NOS TRABALHOS DE HÉRACLES

Zeus (Júpiter): era o deus dos deuses. Significava a Criação. Tudo que tocava (ou com o qual se unia, numa simbólica união sexual) se multiplicava. Era seu pai, representando Héracles o envio de um filho seu para ensinar a Dike (a justa medida) aos homens.

Hera (Juno): esposa de Zeus. Era seu exato oposto: Enquanto Zeus buscava a criação infinita, ela procurava contê-lo, buscando a estabilidade e a permanência de tudo que fora criado. Eram, portanto pares opostos e complementares, pois de sua oposição nascia o equilíbrio cósmico.

Ares (Marte): deus da guerra e do terror, não era cultuado como tal na Grécia arcaica, mas como o espírito combativo justo. Já no período decadente, a partir do séc. V a. C., era o deus invocado para favorecer os combates e as batalhas.

Hera e Ares eram os mais declarados inimigos deste herói, sendo símbolo da permanência, e faziam tudo para que não houvesse a criação. Ela era símbolo de mãe prudente que perseguia Héracles, sendo ele criador e transgressor da ordem e da estabilidade. Ironicamente, deu-lhe de presente a loucura e, na busca de contê-lo, libertou-o. Eram a ela consagrados: os bois de Gerião, os Pomos de Ouro do Jardim das Hespérides e o episódio de Anteu. Os bois de Gerião, porque significavam posse e terra, sendo necessária a medida exata, o que aparecia nos Pomos de Ouro. Ares não perdoou Héracles por lutar para livrar a Terra da destruição. Ao vencer nos doze trabalhos, sobrepujou Ares.

Apolo: deus da beleza, da música, das artes e principalmente da profecia e da iluminação através da criação e da intuição. Desde o nome do herói, Héracles, tudo lhe era consagrado. Era famosa a disputa da trípode, que representava o desejo de se tornar seu próprio oráculo.

Atená (Minerva): era a deusa da sabedoria e da equidade. Era sua eterna companheira. Estava especialmente presente no trabalho dos pássaros do lago Estínfalo. Ela ordenou que Héfestos fabricasse os chocalhos (o alerta da intuição), enquanto sempre lhe ensinava os caminhos.

Hermes (Mercúrio): deus condutor das almas (Psicopompo), indicava aos mortais os caminhos para a conquista da arte de se viver na Terra e alcançar a imortalidade pela realização de seus talentos a serviço da criação.

Dioniso ou Baco: deus do vinho, do êxtase e da alegria, era o nume civilizador através do verdadeiro ato social, que era aprender a amar e aceitar o próximo. Sua adoração como deus dos bacanais, no período romano, era uma degeneração e reflexo da decadência ética e moral deste império. Nem de longe tinha este significado e função na Grécia arcaica. Foi com Héracles até a Índia, em busca dos mistérios. A união de Héracles com Onfale era o seu símbolo maior. Era o ritual de descoberta de si e do outro (o sexo oposto) através da superação do masculino e feminino.

Ártemis (Diana): era a deusa irmã gêmea de Apolo, que protegia e consagrava a natureza. Se Apolo era a luz do Sol, ela era o mistério da Lua. Ensinouo a buscar o sagrado da natureza através da corça Cerinita.

Afrodite (Vênus): deusa do amor e da paixão. Estava presente em vários trabalhos, sendo que o mais importante era o cinto de Hipólita. Representava a arte de amar, que estava sempre em jogo. As éguas de Diômedes e o touro de Creta eram rituais de superação do aspecto animal e instintual da sexualidade.

Eros (Cupido): filho de Afrodite, era o deus instigador da paixão nos mortais. Não se tratava, no entanto, de provocar amores fúteis, como a tradição romana mais tarde vulgarizou, mas sim, de insuflar um amor pela criação, pelos talentos e pela vida.

Héstia (Vesta): deusa protetora do lar e da intimidade. Era consagrada nos estábulos de Augías, representando os ritos lustrais por excelência e os cuidados do lar, sendo que tais ritos também eram consagrados a Deméter porque representavam os processos necessários para o cultivo da terra.

Posseidon (Netuno): irmão de Zeus, era o deus dos mares e das profundezas do ser. Representava as necessidades e tarefas inadiáveis para os mortais viverem aqui na Terra. Foi consagrado no trabalho da Hydra de

Lerna, que era monstro aquático. Superá-la era cultuar o deus dos mares, pois seu símbolo não era a criação, mas a tarefa, melhor ainda, a força da tarefa, e jamais a paixão. E superar os vícios era considerada tarefa inadiável.

Deméter (Ceres): deusa da fecundidade e da terra cultivada, presidia com Dioniso os mistérios de Eleusias, voltados para a arte de se atingir o "Telos". Era o final dos ciclos de nascer e morrer e alcançar a imortalidade. Pertenciam a ela os trabalhos do ciclo da terra. O javali de Erimanto representava o limite das fronteiras, e os estábulos de Augías, a justa medida da fertilidade.

Héfestos (Vulcano): deus dos trabalhos e artes manuais, como libertação das agruras dos mortais. Simbolizava as ferramentas, que estavam presentes em todos os trabalhos, sendo especificamente mencionado quando fez os chocalhos para afugentar os pássaros do lago Estínfalo. Além disso, fez a clava e todos os seus instrumentos, símbolos de superação da força bruta.

Hades (ou Plutão) e Perséfone (Prosérpina): deuses da ressurreição e da superação da morte. A ressurreição era Perséfone, presente na captura de Cérbero. As potências abissais eram consagradas especialmente no primeiro trabalho (O leão de Neméa) e na morte do poeta Lino, pois deveriam ser vencidas logo no início do caminho à transcendência.

Cérbero: cão guardião da soleira da morte, era dócil com quem entrasse, mas implacável com quem tentasse sair. É fácil morrer e cair, e é árduo ascender. Era o vingador dos juramentos, e suas três cabeças avaliavam o quanto do ouro alquímico fora conquistado nesta vida. Perséfone era o instrumento de ressurreição, mas para se chegar a ela, antes se teria de passar por Cérbero.

Urano e Gaia: divindades primordiais, avôs de Zeus e pais dos Titãs.

Cronos e Réa: filhos de Urano e Gaia; divindades que inauguraram a temporalidade e a duração, sendo os pais de Zeus e Hera.

BIBLIOGRAFIA

Apollodórou: *Bibliothéke;* Atenas, Ed. Afon Tolidi O. E. , 1984.

Omérou: *Iliáda;* Trad. para o grego moderno de N. Kazantzakis, Atenas, Ed. Didaktikón Biblíon, 1990.

Ioán Stamatákou: *Lexikón tes Arxaías Ellenikés Glóssis (Dicionário da Língua Grega Arcaica);* Atenas, Ed. O Foínix, E. P. E., 1972.

Ioannou Rispen: *Elleniké Mythologgia;* Atenas, Ed. Pergaminai, 1954.

Thoukidídou (Tucídides): *PindároApospásmata (Píndaro-Fragmentos);* Atenas, Ed. Papyros, 1953.

Hesíodo: *Teogonia; Trabajos y Dias; Certamen; Escudo;* Madrid, Alianza Editorial, 1986.

Platão: *Diálogos-Mênon, Simpósio, Fedro;* Rio de Janeiro, Ed. de Ouro, 1974.

Hermes Trimegistos: *Corpus Hermeticum-A Tábua de Esmeralda;* São Paulo, Ed. Hemus, 1988.

Marcel Detienne: *Os Mestres da Verdade na Grécia Arcaica;* Rio de Janeiro, Jorge Zahar Editor, 1982.

J. P. Vernant: *A Morte nos Olhos;* Rio de Janeiro, Jorge Zahar Editor, 1988.

J. P. Vernant: *Mito e Pensamento entre os Gregos;* São Paulo, Ed. da Universidade de São Paulo, 1973.

J. P. Vernant, P. Vidal-Naquet: *Mito e Tragédia na Grécia antiga - I e II;* São Paulo, Ed. Brasiliense, 1988.

Mircea Eliade: *Mito e Realidade;* São Paulo, Ed. Perspectiva, 1986.

Joseph Campbell: *As Máscaras de Deus;* São Paulo, Ed. Palas Athena, 1992.

A. Jaá Torrano: *O Sentido de Zeus;* São Paulo, Ed. Iluminuras, 1996.

Fernand Robert: *A Religião Grega;* São Paulo, Ed, Martins Fontes, 1988.

Werner Jaeger: *Paideia: A Formação do Homem Grego;* São Paulo, Livraria Ed. Martins Fontes, 1986.

Édouard Shuré: *Os Grandes Iniciados (8 vols.);* São Paulo, Martin Claret Ed. , 1987.

Vários autores: *Revista - La Puerta: La Tradición Griega;* Barcelona, Ed. Obelisco, 1992.

H. P. Blavatsky: *A Doutrina Secreta (6 vols.);* São Paulo, Ed. Pensamento, 1989.

Eduard. F. Edinger: *The Eternal Drama - The Inner Meaning of Greek Mythology;* Boston, Random House Ed., 1994.

Paul Diel: *O Simbolismo na Mitologia Grega;* São Paulo, Attar Editorial, 1991.

Viktor D. Salis: Édipo: Messias ou Complexo?; São Paulo, Sattva Editora, 2017.

Os autores abaixo foram consultados a partir de originais gregos:

Pisandro de Rhodes: *Heracléa.*

Pausânias: *Descrição da Grécia.*

Apolônio de Rhodes: *Biblioteca.*

Deodoro da Sicília: *Descrição da Grécia.*

Ferécides de Samos: *Fragmentos.*

Píndaro: *Fragmentos.*

Strabon: *Geografia.*

Teócrito: *Idílios.*

Plutarco: *Sobre a Educação do Jovem.*

SOBRE O AUTOR

Viktor D. Salis nasceu em Atenas, Grécia. Formou-se em Psicologia em 1971 pela PUC-SP e estudou Epistemologia Genética com Jean Piaget em Genève, Suíça, onde completou seu primeiro doutorado em 1977. Em 1981 estudou "A Fenomenologia dos Mitos" com Igor Caruso na Universidade de Salzburg, obtendo seu segundo doutorado.

Daí em diante, dedicou-se cada vez mais ao estudo das tradições e mitos das antigas civilizações gregas, egípcias, judaico-cristãs, caldaicas e orientais, buscando recuperar seu significado original, ou seja, fornecer chaves ao homem para a arte de viver e amar, e principalmente buscar respostas para o Enigma da Esfinge, que as ciências modernas não foram capazes de responder: Quem sou eu e que faço aqui? De onde venho? Para onde vou?

Por conhecer bem o grego antigo e o moderno, estuda e trabalha com os textos originais, dispensando as traduções e as adaptações. Domina também o inglês, francês, espanhol e lê o latim e o alemão. Escreveu diversas obras na área dos mitos e tradições arcaicas. Escreve peças de teatro baseadas nos mitos.

Trabalha como terapeuta num processo que denomina "Terapia Mítica", onde se busca o conhecimento de si e do outro através dos mitos arcaicos e se permite abrir as portas para a compreensão e a evolução do ser humano, conferindo-lhe o seu sentido cósmico.

Desenvolve também trabalhos na área da educação, buscando recuperar o ideal helênico de formar o homem "obra de arte, ético e criador", superando o homem tecnicista, materialista e angustiado do séc. XXI, e abrir-lhe novas possibilidades.

Mitologia • Psicoterapia mítica • Psicopatologia

Depressão • Síndrome do pânico • Consultoria executiva em educação

Ética empresarial • Treinamento

www.viktordesalis.pro.br • www.viktordesalis.com.br

Facebook: **Viktor David Salis**

E-mail: **vdsalis@gmail.com**

“

A intenção desta obra é transportar para o século XXI a arte de formar "homens obras de arte, éticos e criadores", repensando a chamada Paideia, que era a base da educação das crianças e jovens na antiguidade, até o século V a.C. Trata-se aqui de reconquistar para a modernidade, ou pós-modernidade, uma das grandes lições de educação ética e criadora que o mundo antigo e, de forma mais acabada, o mundo helênico nos legou. Na verdade, essas lições não conhecem diferença alguma entre o antigo e o moderno, uma vez que a dignidade e o respeito ao direito de nascer, viver e morrer não conhecem – nem podem conhecer – variações e muito menos "modismos"; portanto, não se trata de nenhum saudosismo. Estas questões são e sempre serão atuais e imutáveis e só podemos lamentar que a modernidade tanto as tivesse relevado ao esquecimento, para a educação e formação do homem de hoje, privilegiando a aquisição de um conhecimento desvinculado de toda e qualquer ética, honra e dignidade para se viver neste planeta.

”